剩下的人生都是休假。

Kotaro Isaka

伊坂幸太郎

目錄

導讀

奇想・天才・傳說

張筱森

雖然是篇談論伊坂幸太郎的文章，不過請先讓我稍微離題談一下二〇〇六年的第一百三十四屆直木獎。這屆的大事當然是東野圭吾在五度鎩羽而歸之後，終於以《嫌疑犯X的獻身》獲獎；可說是了卻他一樁心願，也替其出道二十年錦上添花一番。東野連續五度提名五度落選的事蹟，讓日本大眾文壇和讀者之間開始悄悄地流傳著一個聽來有點辛酸的名詞「東野圭吾路線」，意指不斷被提名、不斷落選，然後過了該得直木獎年紀的作家。而東野總算在第六次的提名擺脫了這個看似不太名譽，不過差一步就會變成傳說的不幸陰影。但是在東野終於獲獎的這樣可喜可賀的事實背後，其實也存在著一名極爲有力的「東野圭吾路線」候選人，那就是本文主角——伊坂幸太郎。

伊坂幸太郎，一九七一年出生於千葉，畢業於位在仙台的東北大學法學部。小學時和一般小孩一樣閱讀各式各樣的兒童讀物，年紀稍長之後開始看當時流行的國產娛樂小說，如：都筑道夫、夢枕獏、平井正和等人的作品，高中時因爲看了島田莊司的《北方夕鶴2/3殺人》後，成了島田書迷。而在高中時，因爲一本名爲《何謂繪畫》的美術評論集，啓發伊坂認爲能使用想像力生存是件非常幸福的事情，而小說恰好可以一人獨立從頭開始，自己應該也辦得到；因此他決定在進入大學之後開始創作，再加上喜愛島田的作品，便選擇了寫推理小說。進入大學之後則開始閱讀純文學，尤其喜愛諾貝爾文學獎得主大江健三郎的作品。

也因爲他將對運用想像力的憧憬著力於小說創作上，於是各項具有想像力的元素都漂浮在其作品中，如法國藝術電影、音樂、繪畫、建築設計等等，使得讀者在閱讀推理小說的同時，也彷彿看了一場交織著奇異幻境寓言、生命哲思與青春況味的文藝表演。

巧妙地融合脫離現實生活的特殊經歷以及不可思議的冒險活動，一向是伊坂作品的創作主軸，這種奇妙組合，正是伊坂風靡了無數熱愛文學藝術的青年讀者的重要原因。

這樣的他，在一九九六年曾經以《礙眼的壞蛋們》獲得山多利推理小說大獎佳作，不過一直要到二〇〇〇年以《奧杜邦的祈禱》獲得第五屆新潮推理小說俱樂部獎後，才正式踏上文壇。奇特的故事風格、明朗輕快的筆觸，讓他迅速獲得評論家和讀者的熱烈歡迎，不光是在年度推理小說排行榜上大有斬獲。二〇〇三年以《家鴨與野鴨的投幣式置物櫃》拿下吉川英治文學新人獎，二〇〇四年則以《死神的精確度》獲得日本推理作家協會短篇部門獎，更在二〇〇三到二〇〇六年間以《重力小丑》、《孩子們》、《死神的精確度》、《沙漠》四度獲得直木獎提名，可以看出日本文壇對他的期待和重視。

伊坂到二〇〇六年爲止總共發表了八部長篇、四部短篇連作集和一篇短篇愛情小說。因爲喜歡島田，而決定創作推理小說的伊坂，打從一出道就以推理小說新人獎得獎作《奧杜邦的祈禱》獲得各方注意；然而《奧杜邦的祈禱》卻長得一點都不像讀者們所熟悉的推理小說模樣。伊坂曾經說過，「寫作的時候，我並不喜歡描寫眞實的現實生活，而是想寫十分荒唐無稽的故事。」《奧杜邦的祈禱》正是這樣特殊，有著前所未有的奇特設定的一部作品。一個因爲一時無聊跑去搶便利商店的年輕人伊藤，意外來到一座和日本本土隔絕一百五十年的孤島，孤島上有個會說話、會預言未來的稻草人優午。優午告訴伊藤，自己已經等了他一百五十年，而伊藤這個外來者將會帶來島上的人所欠缺的東西。留下這般謎樣話語之後，優午就死了，而且還是身首異處、死得相當悽慘。這短短幾句描寫，就能夠看出伊坂作品最顯而易見的特殊之處：「嶄新的發想」，我想很難有讀者在看了這樣奇異至極的開頭，而不繼續往下翻去，畢竟「會講話的稻草人謀殺案」實在太過特殊。而這種異想天開、奇特的發想，就成了伊坂作品中一個非常重要而且難以模仿的特色，在他往後的作品當中都可以看到這樣的特色，以死神爲主角的《死神的精確度》便是個好例子。

然而空有奇特的發想，沒有優秀的寫作能力也無法讓伊坂獲得現在的地位。第二作《Lush Life》便是讓讀者更認識伊坂深厚筆力的作品，畫家、小偷、失業者、學生、神、心理諮商師等等眾多人物各自在五個故事線中登場、彼此的人生互相交錯。如何將這五條線各自寫得精采絕倫，而在彼此交錯時又不落入混亂龐雜的境地，最後將所有故事線收束於一個點上。伊坂在敘事文脈構成上展現了高超的操控能力，就像不斷地在本作出現的艾雪的畫一般地令人目眩神迷。複雜的敘事方式中包含著精巧縝密的伏線，並且前後呼應，而此極爲高明的寫作方式，在第四作《重力小丑》、第五作《家鴨與野鴨的投幣式置物櫃》中也明顯可見。

筆者和大部分的台灣讀者一樣對伊坂最早的認識來自於《重力小丑》一作，對於本作中那幾乎只能以毫無章法來形容、或者可說是某種文字遊戲的章節名稱印象深刻。但在閱讀了伊坂的其他作品之後，便能夠理解日本文藝評論家吉野仁所指出的伊坂作品的一種極爲另類的魅力來源——「將毫無關聯的事物組合在一起」，像是「鴨子」和「投幣式置物櫃」明明是毫無關聯的東西，卻成了小說。或是書名爲《蚱蜢》內容卻是殺手的故事，這樣的奇妙組合讓伊坂的作品乍看書名就能吸引讀者的目光一探究竟。而更引人注意的是，這樣看似胡鬧的做法，也散見於每部作品的內容和登場人物的言行之中。在《家鴨與野鴨的投幣式置物櫃》中，主角的鄰居甫一登場就邀他一起去搶書店，而目標僅僅是一本《廣辭苑》!?在《重力小丑》中，春劈頭就叫哥哥泉水一起去揍人。然而在這些登場人物的異常行動，或是令人不由得笑出聲來的詞句背後，其實隱藏著各種人性的黑暗面。《奧杜邦的祈禱》中，仙台的惡劣警察城山毫無理由的殘虐行徑、《重力小丑》中的強暴事件、《魔王》中甚至讓這樣的黑暗面以法西斯主義的樣貌出現。伊坂總以十分明朗、輕快並且淡薄的筆觸，描寫人生很多時候總會碰上的毫無來由的暴力。如此高度的反差，點出了一個伊坂作品世界中的重要價值觀——在面對突如其來的暴力時，該如何自處？該怎麼找出最不會令自己後悔的生存方式？

如果將毫無理由的暴力推到最極致，莫過於「死亡」了，只要是人，難免一死，那麼人類該怎麼和終將來臨的死亡相處？從《奧杜邦的祈禱》中的稻草人謀殺案起，這個問題意識就一直在伊坂作品的底層流動，筆者想隨著此次伊坂作品集出版，讀者在全部讀過一遍之後，應該也都能得出屬於自己的答案。

而在熟讀伊坂作品之後，讀者便會發現伊坂習慣讓他筆下所有人物產生關聯，先出現的人物一定會在之後的作品登場。像是深受台灣讀者喜愛的《重力小丑》兩兄弟，也會在之後的某部作品中出現，這樣的驚喜也十足地展現了伊坂旺盛的服務精神。

在文章開頭提到伊坂是極有力「東野圭吾路線」候選人，如實地反映出日本讀者和評論家對於伊坂遲遲不能獲獎的難以理解。但是筆者忍不住想，就這樣成爲直木獎史上的傳說，似乎無損於伊坂的成就。畢竟就像日本推理天后宮部美幸說的：「伊坂幸太郎是天才，他將會改變日本文學的面貌。」作爲一名讀者，能夠和一位不斷替我們帶來全新小說的天才作家相遇，就是一種十足的幸福。

作者介紹

張筱森，推理小說愛好者，推理文學研究會（MLR）成員。結束了日本囤積推理小說的留學生涯後，回到台灣繼續囤積。

第一章

剩下的人生都是休假

家人

「其實爸爸在外頭偷腥了。對象是公司裡的女辦事員，二十九歲，未婚。」父親隔著餐桌對我說出這句話時，語氣坦率直爽，彷彿把自己當成了砍倒櫻桃樹的少年。

搬家公司的人將在下午兩點前來運走父親的行李。

家裡的角落堆滿了紙箱。我們一家人圍著餐桌而坐，母親在我左邊，父親在我正前方。這是我們早已坐慣的位置，但這樣的習慣將在一小時後宣告結束。

父親及母親在十七年前買下了這間位於公寓十五樓的房子，當時我才剛要出生。這棟公寓在那年代是這附近最高的建築物，價格合理且房間數多，再加上採光良好，可說是集所有優點於一身。但如今已成爲牆壁髒污的舊公寓，窗外的新公寓遮住了日照，要找到優點已經比找缺點還難。

「你還當這是秘密嗎？你以爲今天我們爲什麼要搬家？」我不耐煩地搔了搔臉頰。

這房子三人住起來剛剛好，一個人住太大了。價格合理且房間數多，反而成了我們決定賣掉它的理由。

一切準備就緒，只等著搬家公司的人上門。母親或許是閒得發慌，竟然提議說，「既然早坂家今天就要解散，不如大家各說一個秘密。」父親一聽此話便說，「秘密？除了偷腥那件事，我要上哪裡再擠個秘密出來？」他腦袋上的頭髮短得跟光頭沒兩樣，據說是爲了掩飾頭髮愈來愈稀疏這個秘密。肥大的游泳圈加上長滿老人斑的臉，讓四十多歲的他看起來就像個典型的窩囊中年人。

「一定要說一個，從沙希開始。」母親揚起嘴角對我說，「妳總有個沒有對我們說的秘密吧？」

「眞無聊。」我看著手機嘀咕說。

「現在是重要的家人團聚時間，別玩手機了。」父親說，我當然沒有理他。

「好吧，那我就說了。你們還記得半年前，我趁暑假跟美佳她們去海邊住了一晚吧？其實那次我是跟男生一起去的。」我說。

手機響起了簡短而輕快的旋律。仔細一瞧，原來是收到了電子郵件，發信者正是半年前跟我住了一晚的古田健斗。我將手機放到桌上，按下讀取鍵，上頭寫著，「無事可做。要不要一起出去玩？」

若是平常，我早就二話不說地答應了，可惜今天實在不太方便。「正在進行最後的家庭會議，晚點聊。」我迅速打出回信。

「不行。」母親說。我摺起手機抬頭問，「什麼不行？」

「這件事媽媽早就知道了，算不上秘密。跟妳一起旅行的人是古田同學，對吧？」

「沒錯，是古田，爸爸也在家門口遇過一次。」父親也說。

我曾告訴母親男朋友的名字，卻沒對父親說過。此時聽父親一臉自以爲了不起地直呼男朋友的姓氏，心裡有點驚訝而且相當憤怒。「眞受不了你們。」我繼續抱怨。

「沙希，這是我們最後一次相處了，媽媽希望妳說一個我不知道的秘密。」母親說。她今年四十五歲，臉上皺紋不少，皮膚稱不上白嫩，腰際有些贅肉，也不愛打扮。不過穩重的個性加上清潔感，讓她既像位高雅的貴婦，又令人有種清純少女的錯覺。

「媽媽，我只是搬進高中宿舍，又不是生離死別。」我說。

「是啊，以後見面的機會可多著呢。」父親忙著附和。

「跟你是最後一次了。」我說得斬釘截鐵，「對了，媽媽，我想知道妳的新家住址。」

「過陣子會跟妳說。反正有手機，聯絡起來很方便。」母親說。

父母決定離婚後，母親的行動快得令人目不暇給。她不但找了連我們也不知道的新住處，而且連搬家公司也安排好了。另一方面，父親卻是一邊說著「爸爸一個人住這裡，歡迎妳隨時來玩。」一邊畫了詳細的地圖給我。

「啊。」父親突然驚呼一聲。我抬頭一看，原來他放在桌上的手機正在微微振動。不知道爲什麼，父親的手機從以前就是PHS系統。要不是因爲便宜，就是因爲想跟偷腥對象用相同系統的手機。

「我收到了封信。」父親說。

「外頭的野女人寄來的？」我盡量說得尖酸刻薄。

「不是啦。」父親一臉落寞地嘀咕，「等等……這是怎麼回事？怎麼沒有顯示信箱地址？啊，原來是手機簡訊，不是電子郵件。」

「現在是重要的家人團聚時間，別玩手機了。」我說。

「這不是手機，是PHS。」父親以小學生等級的理由反駁，並讀起了那則簡訊。

「上頭寫什麼？」母親問。她願意問這問題，令我由衷佩服她的寬宏大量。

「讓我瞧瞧。」我湊過去一把搶過父親的手機。液晶畫面上顯示著這排字：

〔號碼隨便選的。讓我們交個朋友吧。看要開車兜風或吃飯都行。〕

我一看這老掉牙的台詞，忍不住冷笑一聲。

「上頭說隨便選的，那是什麼意思？」父親問。

「意思是電話號碼是隨便選的。你看過這電話號碼嗎？」我問。手機會記錄下訊息發送者的電話號碼。

「沒看過、沒看過。」父親一臉理所當然地搖了搖頭，「這就是傳說中的交友網站？還是傳說中的垃圾郵件？」

我故意捏著手機的一角，當它是天底下最髒的東西，還給了父親，對他說：

「垃圾郵件裡頭會有網址連結，跟這個不太一樣。可疑歸可疑，或許只是則泡妞把妹的簡訊。」以這內容來看，顯然是則男方邀約女方的簡訊，偏偏寄到這個其貌不揚又家庭失和的中年老伯的手機裡，讓我不禁對發訊者大感同情。

「總之別理它就好了。」我說。

父親沒回話，只是愣愣地看著螢幕。

「喂，你有沒有在聽啊？我說別理它了。」

「嗯……」父親敷衍地應了一聲。

我無奈地朝母親瞥了一眼。她也正靜靜地看著自己的丈夫，臉上既無怒意也無笑容。不，他們的離婚協議書已交出去了，眼前這個人算不上她的丈夫，頂多是前夫，或者該稱爲一起生活近二十年的外人。

「我想……」父親呢喃道。

「你想幹嘛？」我不耐煩地說。

「我想要朋友。」

「什麼？」

「我能回信嗎？」父親盯著手機呢喃。

「回信？你是腦袋有問題嗎？對方是個年輕男人，哪會跟你這種中年老伯交朋友？」

「上面說，可以帶我開車兜風。」

「那是把妹的台詞啦。」我氣呼呼地解釋。父親的聲音及反應竟帶有三分認眞，讓我有些毛骨悚然。

「我能回信嗎？」

「你瘋了嗎？」

「有什麼關係？」母親笑著說。

「媽媽，怎麼連妳也說起傻話？」

母親起身到廚房拿了條抹布，開始擦拭餐桌。冰箱及電視之類的家具都已賣掉或處理掉了，如今這張餐桌是唯一的家具。

「不然這樣好了，你回信問問看。」母親擦拭著父親前方的桌面這麼說。

「要問什麼？」父親在問這句話時，手指早已拚命打著回信。

「那輛車子能坐幾個人。」

「什麼意思？」父親一愣，手指的動作也跟著停了。

「還有，餐廳最好別選中華料理。沙希吃太油的東西會長痘子。」

「什麼意思？」我聽得一頭霧水，不禁皺起了眉頭。

「喂，妳的意思是全家都去？」父親一臉錯愕地問。

「別傻了，對方哪會答應。」我不屑地說道。

「這是我的朋友，又不是妳們的！」父親跟著抗議。

年輕男人

「該動手了。」開車的溝口哥說。我坐在副駕駛座，再次確認安全帶是否已緊緊繫上。溝口哥放慢油門，車子因引擎的阻力緩緩減速。這件事，溝口哥早已駕輕就熟。此時車子開在狹窄的單線道上，由於我們的車速太慢，後頭的車子早已不耐煩地蠢蠢欲動，隨時準備超車。從後照鏡便可以看得出來，若不是對向車道的車流量太大，後頭的車子早就跨越中線超車了。

溝口哥頻頻觀察後照鏡，左手抓著手煞車。下一瞬間，他將手煞車猛然拉起。

伴隨著刺耳聲響，我們的車子驟然減速。幾乎同一時間，背後傳來強烈的衝擊，以及車體凹陷的聲音。就跟往常一樣，我的身體劇烈晃動。在尖銳的聲響中，車子終於完全停止。

下一秒，周圍恢復了寧靜。我立即抬起身子，開門衝了出去。

從後頭撞上來的是輛白色的高級國產車。

「下車！」我用力拍打駕駛座的車窗。

開車的人早已因突如其來的衝擊嚇傻了。對方是個四十多歲的男人，臉上留著鬍子，一副故作瀟灑的打扮。他的褲頭綁著吊帶，過去我從未看過適合褲子吊帶的男人，他是第一個。我不知道這個瀟灑大叔平常做的是什麼工作，只知道他如今睜大了眼，嚇得連嘴也合不攏。我猜他的興趣多半是在酒家或高級酒吧對女人大放厥詞吧。

我拍拍車窗，男人放下了窗子。

「你為什麼撞我們的車？」我惡狠狠地說。

「我不是故意的。你們的車沒亮煞車燈，我不知道會煞車。」男人表情僵硬地辯解。

「什麼煞車燈沒亮，你給我下車！你說我們的車燈壞了？這是懷疑我們的車子有問題？」

我們的車是因手煞車停住，當然不會亮煞車燈。

「我沒那個意思……」男人早已失去平常心，只好乖乖下車。

「你這傢伙，竟然敢撞我的車。」溝口哥也走了過來。他雖然面目猙獰，但體格頗爲瘦小，外表看起來跟一般上班族沒多大差別。然而他從十多歲就開始玩摔角，其實肌肉相當結實，我曾親眼看過好幾次他以可怕的關節技將體格比他還壯的男人欺負得哇哇叫。而且他的眼神相當銳利，任何人看了都會心驚膽跳。只要他一皺眉頭，不僅小孩子會嚎啕大哭，就連大人也往往會眼眶含淚，這些都是司空見慣的事情。

「車子沒有保持安全距離，那怎麼行？你知道人生中最重要的是什麼嗎？沒錯，就是距離感。」

「這事你要如何解決？」我說得咄咄逼人。這句話我早已記得滾瓜爛熟，根本不需思考。

「請先讓我和保險公司談談。」瀟灑大叔顯然已亂了套，卻堅持要報警及透過保險公司處理賠償問題。

我心裡有些不耐煩。連我也不耐煩，便意味著溝口哥已是暴跳如雷。

「你以爲我們很閒？可以慢慢等警察來確認肇事經過？還要和保險公司談？你以爲大家都跟你一樣沒事做嗎？難道我們看起來像是遊手好閒的人嗎？告訴你，我們可是分秒什麼的！」

「什麼？」男人反問。

「必爭，分秒必爭。意思是我們很忙。」我趕緊補充。

「總之先把駕照拿出來！」溝口哥沉著嗓子說。

「沒錯，快拿出來！」我也伸出手。瀟灑大叔驚呼一聲，還想說些撐場面的台詞，我又喊一句，「快拿出來！」將手掌繼續往前伸出三分，他就乖乖交出駕照了。我趕緊掏出數位相機，調整好角度，將姓名、地址及相片一口氣全拍下來。一看姓名，原來瀟灑大叔的大名是「丸尾仁德」。

「一看就是隨時會夾著尾巴逃走的名字。」我說。溝口哥湊過來看了一眼跟著說，「你叫仁德，就應該要仁慈又有道德，怎麼可以撞壞別人的車子？你電話號碼幾號？等我算出修理費，會打電話跟你討。」

瀟灑大叔早已不敢反抗。我遞出筆記本，他乖乖寫下電話號碼。我一等他寫完，立刻以自己的手機試打。瀟灑大叔的口袋裡響起了來電鈴聲，看來電話號碼是眞的。瀟灑大叔垂頭喪氣，宛如洩了氣的皮球。

兩小時後，我在某個老舊住宅區的公園裡，跟某個小男孩一起玩著沙子。小男孩看起來大約三、四歲，我從沒見過他，當然也不知道名字。不過他跟我說話時常常自稱「小新」，想來名字裡應該有個「新」字吧。

小新以塑膠鏟子及扒子堆起一座沙山，我跟他從兩側分頭挖掘，最後在沙山裡雙手交握。「好癢喔。」小新邊說邊笑。

玩了大約十五分鐘左右，公園入口附近出現一個女人。那女人剪了一頭短髮，穿著針織毛衣，形象頗爲年輕，但實際年齡應該已過四十。她臉色蒼白地望著我及小新，摀住了嘴。

「小新，那是不是你媽媽？」我輕拍一下玩得不亦樂乎的小新肩膀。他的頭像彈簧一樣彈起，看了母親一眼，一邊揮手一邊天真地喊了一聲「媽媽」，馬上又低頭堆起沙山。

溝口哥不知何時走到了小新母親的身邊，同樣朝著我們，低聲說起了話。我聽不到聲音，但我猜得出他所說的內容。

「小新眞是可愛。旁邊那個人是我的部下，我要他陪小新玩沙。他們現在感情和睦，但只要我一聲令下，他就會採取完全不一樣的行動。小新實在太可愛了，我眞的不想這麼做，所以請妳不要逼我。就當是我懇求妳，上次那件事請妳別再插手了。」

我不清楚女人的身分，但只要溝口哥以「上次那件事別再插手」來結尾，便可推測出她應該是個記者。不知道是什麼領域的記者，反正是記者就對了。若她是政治家，溝口哥使用的台詞多半也大同小異。若她是某塊土地的持有人，最後一句就會變成「關於賣地那件事，請妳再好好考慮、考慮。」

女人摀著嘴直挺挺地站著不動，我無法想像她此刻有著什麼樣的心情。

「哥哥，我做好了。」小新堆起了一座小巧可愛的沙山。

「哇，小新，你好厲害。」我說。

溝口哥朝我勾勾手指。我點了點頭，敷衍地向小新道別，起身離開。

又一個小時後，我跟溝口哥坐在連鎖家庭餐廳裡的窗邊座位。店內客人不多，女服務生一副無所事事的模樣。

「我們眞是太勤勞了。」溝口哥說著，不斷以湯匙舀起咖哩飯塞進嘴裡，「從早上到現在，已完成兩件工作。」

連續完成「敲詐瀟灑大叔」及「威脅小新母親」這兩項任務，讓溝口哥有些得意洋洋。

「地點剛好很近。」我說。

「眞有效率，運氣太好了。」

「是啊。」

「要是每次都能這樣就更好了。」

「這兩件工作算大案子嗎？」我抓起盤裡殘存的義大利麵放進嘴裡。

「跟平常一樣，拿不了多少錢。」溝口哥以湯匙刮著盤裡殘存的咖哩。

委託者所給的錢，溝口哥拿七成，我拿三成，這是我們兩人之間的約定。我原本只是個對未來不抱希望的無業遊民，整天窩在漫畫喫茶或一夜情的女人家裡。溝口哥願意讓我參與工作，我已是感激不盡，對這個分配比例毫無不滿。有時我甚至覺得自己拿太多了，對溝口哥感到不好意思。

「難道你嫌不夠？你應該不缺錢花吧？難道我在你生日時送的信用卡，已經刷爆了？」

溝口哥所謂的「他送的」信用卡，指的是半個月前我們搶來的信用卡。當時我和溝口哥接受某公司社長委託，攻擊並威脅某個男人。我們拳打腳踢了那男人一頓並撂下狠話，正準備離開時，那男人似乎嚇到腦筋糊塗了，竟然掏出一張信用卡說，「這給你們，儘管拿去用。」仔細想想，他或許滿腦子只想著逃離恐懼與暴力吧。溝口哥接下信用卡，當然不忘補上一句，「要是你敢停掉這張卡，我們走著瞧。」

後來，溝口哥給我那張信用卡。經他這麼一提，我才想起那天確實是我的生日。當時他只是隨口說一句「我不要，送你吧。」彷彿全然不當一回事。

「我不是那個意思。我可是一次都沒用過那張信用卡。老實說，不管錢多錢少，只要有得拿，我已經很滿足了。我只是想知道自己做這些事到底有多大價值。」

溝口哥粗魯地將湯匙扔進盤裡，仰頭靠在椅背，「工作的價值跟報酬不見得成正比，別想太多。」

「是這樣嗎？」

「錢賺愈多，事做得愈少。那些有錢人做的事情不是坐在電腦前敲敲鍵盤，就是只出一張嘴。跟那種人比起來，靠勞力搬運貨物或製造產品的人偉大得多。」

「這麼說來，我們獨立創業，不再依靠毒島哥，還眞是做對了。那個人整天只會高高在上地出一張嘴。」

「是啊。」溝口哥撐大鼻孔說，「而且他交代我們的都是一些爛工作。好比他上次要我們偷拍政客跟情婦在一起的照片，那議員叫什麼來著？田中？還是佐藤？拍那種無名小卒的外遇照片，眞是大材小用。」

「嗯，不過這也得看大材小用的定義是什麼。」

「我可不想一輩子當毒島的小弟。如今自立門戶，我也是社長，跟毒島沒什麼不同。」

「就像對抗大企業的個人商店。」

「這聽起來不是很帥氣嗎？」溝口哥志得意滿地豎起拇指，接著又馬上皺起眉頭，惶惶不安地說，「不過聽說毒島哥很生氣，這可怎麼辦才好？」

剛剛還直呼姓氏，下一秒卻多加了個「哥」。一臉凶惡的溝口哥從自信到膽怯的落差實在太大，讓我差點笑了出來。

服務生走過來爲溝口哥的杯子添水，我看著杯裡的水位在嘩啦聲中迅速上升，決定鼓起勇氣說：

「溝口哥，其實我今天有話想對你說。」

我昨晚在公寓裡一邊看電視上的搞笑藝人音樂劇，一邊練習了好幾次這句話。這時正式上場，我反而沒有昨晚練習時那麼緊張。

「你不想幹了？」溝口哥說出這句話時兩眼似乎放射出精光。不，或許是我的錯覺吧。

「你怎麼知道？」我問。

「直覺。你會用這種充滿歉意的口氣跟我說話，一定是對我有害無益的事情。不是要向我借錢，就是不想幹了。」

「我不想幹了，可以嗎？」我以吸管喝著杯裡殘存的果汁。

「可以……」溝口哥噘起嘴，揚起眉，忽然大吼一聲，「你以爲我會這麼說嗎？」

那股前低後高的聲音彷彿插在我的胸口，讓我整個人往後倒。

「你知道我爲了教你學會這些事，費了多少苦心嗎？如今好不容易有些長進，竟然跟我說不想幹了？何況我才剛脫離毒島獨立，現在正是緊要時期，你這是在耍我嗎？」

「我沒有要你的意思。」

「理由是什麼？你可別告訴我，你想回鄉下孝順父母。」

「啊，對，就是這個。」我回想起自己的母親，忍不住脫口這麼說。我的母親是個自尊心極強、穿著高尚、容貌秀麗、總是能吸引他人目光的人物。她相當注重我的成績，而且從不把級任導師看在眼裡。

「少騙人了，你的父母不是早就死了嗎？」

「啊，我騙你的。」

「什麼？原來你的父母沒死？」

「不，已經死了。」在我國中畢業前，我的父母就已經過世。父親死於疾病，母親死於車禍。他們向來感情不睦，直到臨死前還是各走各的路，這種堅持到底的態度讓我有些欽佩。「我的意思是說，回鄉下孝順父母是騙你的。」

「話也不說清楚。」溝口哥露出苦笑，「不然理由是什麼？難不成你想來一趟尋找自我的旅行？」

「尋找自我？我就在這裡，還找什麼？」

「說得好，自我是不用找的。你這傢伙說起話來有時還真是一針見血。好吧，這暫且不提，總之你不想幹的理由到底是什麼？」

「倒也沒什麼多大的理由，我只是覺得這個工作老是在看人愁眉苦臉。」今天那個開高級車的瀟灑大叔及公園遇上的小新媽媽都是這樣。「見那些人唉聲嘆氣，我也快樂不起來。」我說。

「天底下哪有快樂的工作？」溝口哥嘆了口氣，無奈地說，「我終於能體會父親面對滿嘴理想的兒子的心情了。」

「總而言之，我不想幹了。同樣是工作，我想做讓別人開心的事。」我終於說了心中的想法，一時陶醉在成就感之中。

「你該不會是被朋友或情人灌輸了什麼奇怪的觀念吧？」

「我沒情人也沒朋友。」

溝口哥愣愣地打量著我。剛開始的時候，他顯得怒不可遏，我彷彿看到有一股強烈的怒氣凝聚在他的眉心皺紋之間。心裡不禁暗自嘀咕，溝口哥生起氣來實在挺可怕。但隔了半晌，他放鬆了臉上肌肉，吐出一口長氣。那口氣長到連杯裡的水面也隱隱搖晃。

「好吧。」

「咦？」

「要我不生氣或諒解你是不可能的事，但我不討厭你這個人，所以不想強留。」

「溝口哥……」

「雙口相聲要是有一邊不想幹了，就算強留下來，也沒辦法逗得聽眾哈哈大笑，你說對吧？」

我無法理解這和雙口相聲有什麼關係，只是興高采烈地說，「我眞的可以退出？」

溝口哥伸出手指，指著我的鼻尖說，「但我有個條件。」

「條件？」我感到胃部一陣抽痛。通常我們向受害者開出條件時，這條件只會對我們自己有利。

「你說你沒有朋友，對吧？」

「對。」這當然不是什麼光彩的事情。

「那就交吧。」溝口哥笑著說。

「交？」

「把你的手機拿出來，照我說的打一則簡訊。」

「給誰？」

「我隨便按一串號碼。反正簡訊不需要信箱地址，只要有電話號碼就行了。」

「這樣就能交到朋友？」

「如果對方答應，你就畢業了。」

「那怎麼可能。」就算我再怎麼傻，也知道那簡直是天方夜譚。天底下沒有人在收到陌生人的交友簡訊後會回答，「我很樂意。」何況這年頭簡訊及網路詐騙事件頻傳，大家都繃緊了神經。

「這是我最大的讓步，快把手機拿出來。」

「如果沒成功呢？」

「如果沒成功，你就得繼續幹這工作。而且爲了處罰你，我會切掉你的耳垂，讓你的福氣耳變成貧窮耳。」溝口哥說得煞有其事。

「你是認眞的嗎？」

「當然，快把手機拿出來。」溝口哥輕搖手指，「從前我老爸說過一句話，『交朋友比生孩子還難。』」

溝口哥從前說過，他小時候經常遭受父親責打虐待。或許他父親也是個沒有朋友的人吧。

「我從小學就沒有朋友。」我說。

「那可眞是寂寞的人生。」

「不過倒是有幾個同班同學還算熟。上次我一看報紙，嚇了一大跳，有個同學竟然成了電影導演。」

「聽起來挺了不起。那電影叫什麼名字？」

我說出了依稀記在心裡的電影名稱。溝口哥當然沒有聽過，只是淡淡說，「總之，交一個志同道合的好友，就跟找一個值得信賴的醫生一樣，是一輩子的事。」

「是啊。」

「快用簡訊交個朋友吧。交不到，你就出局了。」

我掏出自己的PHS手機交給溝口哥，忍不住摸了摸耳垂。

家人

開著銀色小轎車的男人自稱姓岡田。

「岡田，你太異想天開了。」我坐在後座左側，望著斜對角的駕駛座（註）。這個人看起來年紀才二十多歲，身高將近一百八，體格壯碩，一頭不長不短的黑髮，給人的印象介在運動選手及打扮時髦的年輕人之間。但一對雙眼皮的眼睛透著凶光，顯然不是什麼善類。

「你以爲寄那樣的簡訊眞的能交到朋友？」我問他。

「我也嚇了一跳，沒想到眞的會收到回應，而且住得不遠，開車就能到。」握著方向盤的岡田微微轉過臉，但不是看著我，而是看著坐在副駕駛座的父親。

父親收到古怪的交友簡訊後，依著母親的指示鍵入，「我願意跟你交朋友。我是四十七歲的男性，另外還有四十五歲的妻子及十六歲的女兒也想加入，可以嗎？」

父親送出簡訊前還唉聲嘆氣地說，「希望對方別以爲我在開玩笑。」讓我聽得啼笑皆非，看來父親是眞的很想要朋友。

「我也嚇了一跳，沒想到你眞的願意載我們去兜風。」坐在副駕駛座的父親滿臉堆笑。

坐在我身旁的母親正眺望著車窗外的景色。當時岡田（當然，我們事後才知道他叫岡

註：日本的國產車爲右駕。

田）的回信裡寫著，「沒問題，我開車去接你們。約哪裡好？」我跟父親的反應都是驚惶、狐疑與恐懼。唯獨母親興高采烈地說，「今天是家庭解散的日子，製造一點回憶也不錯。只要門別上鎖，搬家公司的人會自己進來搬的，我們走吧。」

「岡田，你經常用這招泡妞把妹？」我問。

「這是第一次。」

「你的目的是什麼？這種做法太不正常了，你到底有什麼企圖？」我繼續追問。

父母離婚加上搬家讓我腦袋一團混亂，根本無法保持冷靜。不管怎麼想，這都不是正常情況下應該發生的事情。我們很可能被載到某個可怕的地方，講白一點，我們搞不好已經被綁架了。

「什麼樣的做法才叫正常？」岡田隨口這麼問我。他的口氣還算客氣，說起話來有些不著邊際，但還是給人一種凶惡的印象。

「正常人不會胡亂寄交友簡訊，也不會帶一家三口出門兜風。」

「我沒什麼企圖，就像簡訊裡寫的，我只是想交個朋友。吃吃飯、兜兜風。」

我哼了一聲，心想這傢伙絕對有鬼。就在這時，我收到了古田健斗的訊息。我取出手機一瞧，上頭寫著，「高峰會議結束了嗎？就算少了妳，應該也沒什麼關係吧？」我立即打下回應，「還要一點時間。你別看不起我，我可是家裡的常任理事國，沒辦法說走就走。而且現在事態有些古怪，等結束後再跟你說。」我打到這裡，想了一下，又補了一句，「如果到深夜還沒接到我的聯絡，肯定是出事了。」我故意不寫具體狀況，心想這樣反而能引起他的擔憂。

「話說回來，你們一家人願意一起出門兜風，可見得感情很好。沙希，妳是高中生？」岡田說。

「對。」我故意回答得冷淡又簡短。

「倒也稱不上感情好。」父親尷尬地說。

車子開上了國道。我不知道岡田到底打算開到哪裡去。不過或許他在我們上車時曾說明過，只是我沒仔細聽。小轎車開在三車道的中線，不斷超越左側的車輛。前方的輕型車開得太慢，岡田轉入右線超了過去。和父親的開車方式比起來，岡田開車的速度相當快，而且動作敏捷流暢。

「這個家庭今天就要解散了。」母親說得輕描淡寫，「我們夫妻離了婚，沙希要搬進高中宿舍，公寓也在今天處理掉了。從明天開始，我們三人就要各自過生活了。」

其實學校宿舍沒辦法說進就進，我得在朋友家借住個十天左右，但我沒有告訴父母。

「喔？」岡田應了一聲，從口氣裡聽不出他到底對這話題感不感興趣。「解散的理由是不是因爲對音樂的理念不合？」

我不敢肯定岡田這麼說是不是在開玩笑。如果是，這句玩笑一點也不好笑。「解散的理由是這個老頭在外頭搞七捻三。」我指著副駕駛座說道。

「喔？」他又應了一聲，還朝父親瞥了一眼。

「唉，眞是悔不當初。」父親苦笑著說道。

「這件事惹夫人生氣了？」岡田望著後照鏡，詢問坐在正後方的母親。

「當然，不過反正到今天就結束了。」母親滿不在乎地說道。事實上，從父親在外偷腥一事曝光到現在，我從未看過母親表現出激動的情緒。她一直維持著冷靜，只是不時陷入沉思；但她不開口說話，正是確實發怒的最好證明。

「岡田，我眞想讓你感受看看這半年來我家的氣氛。」我嘆了口氣，「相較之下，擠滿人的通勤電車裡的空氣要清新一億倍。」

「家裡的氣氛烏煙瘴氣？」

「豈止是烏煙瘴氣，簡直是伸手不見五指。」

「伸手不見五指？」岡田笑了起來。

車子在紅燈前停了下來。失去引擎聲及說話聲後，車內變得死氣沉沉。故意咳嗽很怪，勉強找話題又很麻煩，我決定不予理會，玩我自己的手機。此時岡田突然開口，「不過，除了矢澤永吉及奧田民生之外，好像沒有人單飛成功。」他說這句話的對象似乎並不是我們三人之中的任何一人，只是隨口說了心中的感想。

「別老是拿我們家跟樂團比。」我忍不住反駁，「而且單飛成功的人多得是，只是你不知道而已。」

「爲什麼來這裡？」

我正坐在長椅上，早坂走了過來。他兩手各拿一罐啤酒，將其中一罐朝我遞來。我正要接，他突然又縮手，說了一句，「對了，你得開車。」我不禁懷疑這是對我的一種挑釁。

「抱歉啦。」早坂說著，在我身旁坐下。

我們的正前方是一大片湖面。車程不過一個半小時，而且明明是假日，停車場卻空盪盪的，湖的周圍也看不到幾個遊客。

「這座湖的周長約三十公里，聽說從正上方看，呈現漂亮的圓形。」我指著平穩如鏡的湖面說，「大約五萬年前，那座山噴火堵住了河，形成了這座湖。」

「你知道的眞多。」

「小時候父母曾帶我來過。」我說出這句話，才驚覺那是我生平第一次，也是最後一次的全家旅行。大概正因爲如此，我才選擇了這個地方。當我思考著該帶早坂一家人上哪裡去時，腦海裡立即浮現了這座湖的景象。或許是帶他們一家人出遊，讓我想了從前的全家旅行回憶。

「原來我是個這麼單純的人。」我說。

「你跟父母感情好嗎？」早坂問。

「不好。」我想也不想地回答，「這世上要找到那麼典型的失敗父母還眞不容易。只會把刻板印象強加在孩子身上，把孩子的失敗當成一種恥辱。」我並沒有提到父母在我青春期時便雙雙過世了。

「你的職業是什麼？」早坂又問。

我略一思索，回答他：

「就在不久前，我成了無業遊民。在那之前，我做的是見不得光的工作。」

跟著溝口哥一起幹的那些事，我自己也不知道該歸類爲什麼樣的工作。若要勉強解釋，大概就是替委託人做一些遊走在法律邊緣卻又雞毛蒜皮的瑣事吧。

也許可以稱之爲「犯罪業的下游廠商」或「專門幹壞事的人力派遣公司」總之絕對稱不上體面的工作。

「見不得光啊……」

「早坂，託你的福，我才能洗手不幹。」

「咦？什麼意思？」

「我眞沒想到那封簡訊會得到回應。」

「我自己也有些摸不著頭緒。」早坂一臉困惑地說。

「你歷經外遇及離婚，現在心情如何？」我並非刻意譏諷，只是單純感到好奇。

「悔不當初。」

「這句話，你剛剛在車裡也說過了。看來你心裡還是割捨不下？」

「難割難捨。」

我想像著早坂的體內正拚命切割某樣東西的景象，問他：

「你跟那個外遇對象還會繼續交往下去嗎？」

「不會。」早坂回答得相當簡單，沒有多加說明。我想起小時候有個同學的父母也離了婚，理由同樣是父親外遇，而且聽說那個父親跟外遇對象也沒有維持長久的關係。接著我又想起從前有個文具店店長之所以撞上我們的賓士車，也是因為正在偷腥，只能任我們宰割。

我跟早坂不再說話，但氣氛不錯。湖面因微風起了波紋，在我心中產生共振，就好像某種小動物發出的鼾聲，溫和而恬適。

「要怎麼樣才能破鏡重圓？」早坂如此呢喃。一開始，我沒察覺這句話是對著我說的，我以爲他只是對著湖面自言自語。

但我轉頭一看，發現早坂正在瞧著我。他的背後遠處可看見早坂沙希，正坐在停車場的階梯上玩手機。

「你想破鏡重圓？」

「如果可以的話。」

「我勸你打消這個念頭。」我不加思索地回答他，「活在過去的回憶裡沒有任何意義。就好像開車，老是看著後照鏡一定會出事。必須好好注視前方，至於後頭的道路，只要偶爾看一眼就行了。」

早坂胡亂應了一聲，也不知是肯定還是否定。

我不再理會早坂，起身向後走去。身穿牛仔褲的早坂沙希依然坐在階梯上，當我經過她的身旁時，她突然叫住我，「岡田，你到底在打什麼主意？」她的雙眼依然盯著手機瞧，看也不看我一眼。

「我剛剛說了，我什麼主意也沒打。」

「這太奇怪了。」

「天底下比這奇怪的事還多著呢。」

我回想起數年前某次在大街上鬧事的回憶。當時我還沒認識溝口哥，那一天，我因爲心情煩躁，對路過的一個上班族拳打腳踢。我將他打得動彈不得，卻依然意猶未足，最後我拉開牛仔褲拉鍊，掏出生殖器，尿在那個上班族的身上。當時周圍擠滿圍觀的人群。我能理解大部分的人因爲害怕而不敢阻攔我，但有些人卻是不負責任地大聲叫好，這就讓我百思不解了。不過就像那些看熱鬧的群眾一樣，天底下匪夷所思的事情多得不可勝數。我不知道那些人到底在想些什麼，或許他們只是既想保護自己又想發洩心中的怨氣。

「岡田，你是做什麼的？」

「妳爸爸剛剛也問了。我在今天辭去工作，成了無業遊民。」

「無業遊民？」

「是啊。」

「那可眞糟。」

「一點也不糟。從明天起，我就放假了，剩下的人生都是休假。」

「你在說什麼啊？」早坂沙希先是愣了一下，一會兒後她才抬頭朝我望來，笑著說，「不過這聽起來不錯，剩下的人生都是休假……我也好想學你。」

我煩惱了許久，決定說出內心的眞正想法，「就憑妳，還早一百年。」

家人

離開了靜謐的湖泊後，我本來以爲岡田會沿著原路開回去，但開到一半，他突然調轉車頭。前進了一會兒，前方出現一棟大飯店。我向來跟這種地方無緣，心裡只想著，「能走進那道門的應該都是有錢人吧。」沒想到岡田竟然筆直朝著大飯店開去，「我們就在這裡吃飯如何？」

我們家並不富裕，父親跟我都吃了一驚。唯獨母親相當沉著，她反而贊成岡田的提議，「既然是最後一天，奢侈一點也不錯。」

一行人進了餐廳坐下，翻開氣派豪華的菜單，岡田忽然說：

「這一餐當然是我請客，不管點多貴的都可以。這張信用卡的額度應該不低。」

他這麼說，右手輕輕搖晃著信用卡。

「那可不行，這太不好意思了。」父親婉拒。

「你愈做這種事，我心裡愈是發毛。」我說。

「是我傳簡訊邀你們吃飯，當然由我付錢。」岡田笑著說。

「既然如此，那就恭敬不如從命了。」母親倒是接受得相當乾脆。

我看著菜單，完全不知該點什麼。一般這種狀況之下，到底應該點多少價位的餐點，我毫無頭緒。母親或許是見了我坐立不安的模樣，忽然闔上菜單，指著桌上的特別菜色說：

「大家都點這個季節限定套餐如何？」

岡田立刻大表贊成，我跟父親當然沒有說不的權利。

抬頭挺胸的服務生走上前來，如連珠炮般問了一大堆問題。要什麼樣的葡萄酒、要什麼樣的前菜、肉要幾分熟……我早已聽得暈頭轉向，父母親卻是應對得宜，讓我不禁有些佩服。

「真懷念。我們以前常來這樣的餐廳吃飯，對吧？」父親說著，低頭將餐巾塞進領口。我已經好久不曾聽見他以這種口氣對母親說話。

「二十多歲時，除了吃吃喝喝之外也沒有什麼事可做。」母親點頭說。

「喔……」我應了一聲。父親坐在我的正對面，我一看到他胸前垂著餐巾的愚蠢模樣，內心又湧起一陣厭惡。

「吃吃喝喝的日子快樂嗎？」岡田插嘴問。

「那得看你喜不喜歡美食。岡田，你喜歡吃什麼？」母親問。

「這個嘛……我從沒想過這種問題。」

「這種問題不必想吧。」我忍不住反駁他。

岡田聳聳肩，沒有答話，只是舉起酒杯，喊了一聲，「我們來乾杯！」

「雖然是家庭解散的日子，還是要保持樂觀。今天的結束，是爲了明天的開始。」母親望著我這麼說。

「從明天開始，剩下的人生都是休假。」岡田又說了一次。

「這句話說得眞好。」母親讚賞有加，「我跟妳爸爸辛苦了這麼多年，從明天開始，是該好好享受假期了。」

「我一點也不想放假。」

「總而言之，爲簡訊得來的友誼乾杯！」岡田高舉酒杯，母親大聲呼應，父親的聲音比母親小了點，我的聲音又比父親小了點。

餐點相當美味，而且跟這陣子死氣沉沉的晚餐時間相比，這一頓飯吃得輕鬆又愜意。就在大家吃到一半之際，岡田突然問，「夫人，妳從明天起要怎麼稱呼早坂先生？既然已不是家人，應該不會稱他『孩子的爸』吧？」

父親聽了，氣呼呼地說，「就算分開了，我們還是一家人。」

母親則是淡淡一笑地回答，「從明天起，不會再見面了，還需要什麼稱呼？」

我一聽，忍不住笑了出來。

「不過總是會有偶然遇上的時候。」岡田說。

「那時候，我會稱他『早坂先生』。」母親說完，以叉子將一塊白色魚肉放進嘴裡，驚呼一聲，「這魚眞好吃！」

「又不是外人，何必叫得這麼生疏？」父親這麼說的同時前後抽動刀子。餐盤發出受到傷害的刺耳聲響。

「本來就是外人。」我也吃起了魚肉。略帶酸味的香料與魚肉的味道搭配得天衣無縫。餐廳大部分座位都坐了客人，各自享受著高雅的晚餐時光。那些人大多是上了年紀的夫妻，我心裡不禁湧起一股敬意，佩服他們一起生活這麼多年卻沒有分離。這種心情和佩服出道已久的長青樂團有三分相似。

「對了，岡田，你有沒有什麼秘密？」母親突然這麼問。服務生端走了魚肉料理的盤子，桌上登時變得空蕩。

「秘密？什麼秘密？」岡田彆扭地以餐巾擦拭嘴角。

「瞞著我們沒說的秘密。我們原本講好每個人都要說出一個從沒說過的秘密，但他們太膽小，不願意說。」母親笑著說。

「我只是想不到而已。」父親苦笑著說。我也一樣，若有秘密早就說了。

「瞞著你們沒說的秘密？」岡田噘起嘴，煩惱了一會兒，「我得想一想。」

我心想，你只要把你心裡打的鬼主意說出來不就得了？

「這個嘛……」岡田思索半晌，取出剛剛那張信用卡，「這張信用卡其實不是我的，這個秘密可以嗎？」

父親大吃一驚，登時臉色蒼白，顯然是害怕成了犯罪的共犯。

「這是別人的信用卡，我根本不認識那個人。所以你們不用客氣，想點什麼儘管點。」

「你不應該說這個秘密的。」此時我的臉色一定相當難看。

父親的酒力本來就不強，只要喝一點酒就會滿臉通紅；但這次他的臉色沒有變紅，而是毫無血色。「抱歉，我去吐一下。」父親說著便起身離席，這讓我有些驚訝。剛剛他喝葡萄酒的速度確實有些快，但我沒想到他會醉得這麼嚴重。看著父親踉踉蹌蹌地走向廁所，岡田說，「我有點擔心，陪他去好了。」接著也起身追了上去，只剩下我及母親還坐著。

「眞是沒用。」我朝坐在左邊的母親說道。

「我好久沒看他喝得這麼醉了。」母親也有些詫異。

「媽媽，妳有沒有什麼秘密可以說的？」

餐點只剩下最後的甜點還沒上，桌上呈現出杯盤狼藉的寂寥感。因爲這頓晚餐實在太美味，才會如此感觸良深。

「秘密呀……」

「媽媽應該有很多秘密吧？」

「我只是個普通的大嬸罷了。」

「對我來說，媽媽比爸爸更可怕，讓人摸不著底細。」

「我沒有什麼底細。」母親泰然自若地說。

「跟我說個秘密嘛，必須是爸爸也不知道的。」我藉著酒勢繼續要求，就像連續劇裡那些對酒店小姐說「摸一下有什麼關係？」的中年男人。我故意稍微橫躺，擺出撒嬌的動作。

「告訴我嘛，又不會少塊肉。」

「那我就說一個好了。」母親喝了口水。服務生剛好走過來詢問是否可以上甜點，母親同意了，才轉頭對我輕描淡寫地說，「我在認識妳爸爸前，曾被男人騙過。」

「咦！什麼？」我完全沒想到母親會說出這句話，心跳差點漏了一拍。

「那個人實在很帥，我忍不住倒貼了。」

「倒貼？妳指的是錢嗎？」

「豈止是錢，連身體及心靈都獻給他了。當時我的薪水不高，只好瞞著公司偷偷到餐廳打工，最後還搞壞了身體。很可憐，對吧？」

「那個人是做什麼的？」

「醫生。」

「醫生還要妳倒貼？」

「是啊，或許他只是喜歡被女人侍奉的感覺。我只要一頂嘴，他就會對我拳打腳踢，說我什麼都不懂，簡直把我當成了奴隸。」

我睜大雙眼，愣愣地望著母親。她的表情不像開玩笑，而且開這種無聊的玩笑對她沒有任何好處。在我理解這不是玩笑的那一瞬間，一股怒氣沖上腦門，「眞是人渣。」

這種人竟然是醫生，當他的病人眞可憐。

「簡直是喪盡天良。」我用了一個最近才學會的成語。

「那是二十多年前的事了。我跟那個人分手後，才遇到妳爸爸。」

「爸爸不知道這件事嗎？」

「一直沒提，就這麼過了二十多年。」

「眞是令人無法原諒。」我氣得暴跳如雷。如果那個人出現在我眼前，我可能會以叉子送他上西天。

「沙希，危險。」母親說。我這才發現，我正揮舞著手中的叉子。

「雖然是秘密，其實不是什麼稀奇的事情。」母親依然是一副若無其事的態度。

年輕男人

早坂進廁所想要嘔吐，卻睡意似乎大過了吐意，竟倚著門呼呼大睡了起來。我急忙拉起他，攙扶著他回到餐桌。服務生剛好送上甜點。

「早坂睡著了，這下該怎麼辦？」我問。

「別擔心，我會負責處理他的蛋糕。」早坂沙希拿著叉子以視死如歸的語氣說。

「不是那個問題。」

「沒關係，讓他在椅子上睡一下。我會注意不讓他摔倒。」早坂的太太淡淡地說。我依照指示將早坂扛到椅子上。剛開始的時候，他一直往下滑，我試著換了角度之後，終於維持了平衡。

我坐回自己的椅子上，吃了一口蛋糕，甜味在口中擴散。過去我對這一類甜點毫無興趣，沒想到竟然這麼好吃。這個新發現讓我理解，世界上還有很多我不知道的事，或許我應該好好研究一下。

我迅速地品嚐完蛋糕，起身到門口結帳。

我將信用卡交給收銀台的服務生，簽了假名。我偶然轉頭一望，看見早坂的太太正以溫柔的目光注視著張大著嘴、睡得東倒西歪的早坂。

早坂一直不醒，我只好扶著他走到飯店外的停車場，將他推入副駕駛座。爲他繫上安全帶後，我坐進駕駛座。早已坐在後座的早坂太太以充滿歉意的口吻說，「給你添麻煩了。」

「別這麼說，我們是朋友。」我這麼回答她，同時發動引擎。往車內的時鐘一看，時間顯示晚上八點，「最後的夜晚終於要結束了。」

我用力踩下油門。夜晚的車道上，對向車道的車頭燈排成長一列，宛如引導方向的火把。

「又不是舉辦活動，說什麼最後的夜晚。對吧，媽媽？」早坂沙希說。早坂太太沒有回應，我望向後照鏡，發現她愣愣地看著窗外。每當經過路燈，就會照亮她的臉孔。她的嘴角正微微上揚。

就在我停車等紅燈的時候，口袋裡的手機響了起來。我費了好一番功夫，才掏出手機拿到耳邊。「開車時接電話是違法的行爲。」後座的早坂沙希抱怨，我沒有理她。

「想不想念我？」打電話來的人是溝口哥，我一接起來，他以有些難爲情的口吻取笑我，「如何？跟傳簡訊的那個人見面了嗎？」

「正在開車兜風。」

「眞的假的？」溝口哥似乎有些半信半疑。

「有什麼事嗎？」

「公事，今天我們不是撞了車嗎？」

「那個叫丸尾的傢伙？」

「對、對！」溝口哥大聲說，「你不是拍下了那個丸尾的駕照？」

我這才想起，我沒有將數位相機裡的照片交給溝口哥，「我晚點會寄給你。」

「拜託你了。最近什麼事都交給你辦，如今你不在了，我有些慌了手腳。」溝口哥笑了起來。他笑了很久，聲音愈來愈沙啞。我感覺得出來，他的乾笑只是爲了掩飾無話可說的窘境。

「溝口哥，是不是發生了什麼事？」

電話另一頭的笑聲頓時停下。

「抱歉……」溝口哥的聲音突然變得低沉，接著又以半開玩笑的口氣說，「我全推到你頭上了。」

「全推到我頭上？」

「毒島的手下跑來找我，一副凶神惡煞的模樣。我沒有辦法，只好把你拱成主謀。我說你不想繼續在毒島哥手下做事，才慫恿我自立門戶。」

「溝口哥，你應該知道我根本不是當主謀的料。」

「這我當然知道。」我彷彿可以看見溝口哥的苦笑表情，「但對方好像相信了。我說你逃走了，他們似乎想把你抓回來。」

「原來如此。」我一點也沒有責備溝口哥的意思，甚至覺得這就是他的做事風格。何況當遭遇危險時，把責任推給周遭的人是相當正確的策略。

我講著電話，看著前方走在斑馬線上的年輕情侶。這種三更半夜還在外頭遊蕩，顯然他們也正在休假。

「你要小心點，逮人可是他們的拿手好戲。」

「要是被逮住會怎麼樣？」

「這應該不用我說吧？」

從前毒島哥曾將一個背叛者大卸八塊後扔進海裡。

「就這樣，再見了。」溝口哥正要掛斷電話，突然又喊，「對了，岡田……」

「什麼事？」

「我將《骷髏13》（註）的單行本全看完了。」

從前溝口哥曾說過「想要體驗貫徹到底的感覺」他聲稱要讀完《骷髏13》。當時這部漫畫已出版上百集，我一直以為他在開玩笑，沒想到他一直偷偷努力著。

「學到了什麼？」

「唔……」溝口哥想了一會兒後說，「骷髏哥實在很強。」

「這個只看第一集也知道吧？」我笑了起來。

「是啊。」

溝口哥掛了電話後，我一想到這可能是我跟他最後一次說話，忽然覺得實在應該說些更有營養的內容。

「喂！開車了。」早坂沙希拍著我的椅子。我急忙放下手煞車，踩下油門，追上前方的車子。

「你剛剛在電話裡講了什麼？」早坂沙希踢了我的椅背。

「不是什麼大不了的事。」我望向後照鏡。早坂太太也正望著我，強忍著笑意，似乎還帶著三分錯愕。

「怎麼了？」我問。

「你剛剛提到的丸尾是誰？」她問。

「今天偶然認識的男人，穿著相當氣派。」我雖然不知道她為何這麼問，還是老實回答了。

「媽媽，妳問這個做什麼？」早坂沙希問出了我心中的疑惑。

「我剛剛不是說過，我年輕時曾倒貼一個男人嗎？那個人也姓丸尾。」

「咦，不會吧？」

後座的母女愈聊愈起勁，我卻聽得一頭霧水，彷彿跟睡得正熟的早坂一樣遭到了排擠。

註：日本漫畫家齋藤隆夫自一九六八年連載至今的作品。

「岡田，那個丸尾叫什麼名字？」早坂沙希將問題扔向我的後腦杓。

我一點也不想跟著她們瞎起鬨，卻反射性地想起那個男人的名字，「他叫丸尾仁德。」

早坂太太突然哈哈大笑起來。

「媽媽，不會吧？同一個人？同一個人？如果眞的是他，一定要給他好看。」早坂沙希大吼大叫，「岡田，好好教訓他一頓，把他的錢榨乾！」

女兒吵個不停，母親卻只是帶著別有深意的微笑，什麼話也沒說。

家人

「岡田怎麼還沒回來？」

車子已經在便利商店的停車場停了三十分鐘以上。我坐在後座，忍不住打了個呵欠。

「如果再等一陣子，他還沒回來，不如就照他所說的，由妳來開車吧。」母親說。

「妳想叫高中女生無照駕駛？別開玩笑了。」我感覺母親的口氣似乎有些認眞，不禁心裡發毛。

幾個客人走出便利商店，搭上停在旁邊的黑色箱型車，將車子開走了。從剛剛到現在，旁邊的車子已換了好幾次。唯獨我們這輛銀色小轎車遲遲沒有離去。

三十分鐘前，岡田突然將車子停在路邊，並熄掉引擎。我問他怎麼了，他回答，「後頭有車子跟蹤。」

「咦？」我轉頭一看，十幾公尺外確實有輛輕型車同樣打著方向燈，正在靠邊停車。

「爲什麼要跟蹤我們？」

「我去跟他們談一談。」岡田解開安全帶，下了車。我將臉貼在後車窗上仔細凝視。數輛汽車經過岡田身旁。他走向輕型車的駕駛座，對方也開了車窗，雙方交談數句話後，岡田立刻又走了回來。

「我將車子停在那間便利商店前。」岡田說。

「那些人是誰？」

「毒島哥的朋友，似乎相當生氣。」岡田說得若無其事。他沒有解釋毒島哥是誰，默默將車子開進便利商店的停車場，熄掉引擎。接著他轉過頭，從前方座位的中間探出臉。

「這個給妳。」岡田將車鑰匙遞給我，「如果三十分鐘後，我還沒回來，這輛車就送給妳。」

「什麼？」岡田的無聊玩笑讓我心頭冒火。

「發生什麼事了嗎？」母親也一臉納悶地道。

「只是以防萬一。畢竟不能讓妳們等太久。」他說。

「但我跟媽媽都不會開車。」

「這是自排車，很簡單的。」岡田露出笑容，眼角擠出了皺紋。我感覺好像在跟同班同學說話。「把排檔桿移到D檔，車子就會自己走了。」

「把這根桿子移到D？就這樣？」我一點也不想開車，卻還是忍不住這麼問。

「對，這樣就會自己前進了。」

岡田走出車外，搭上輕型車。車子開走了，只留下我們還在停車場裡。

「眞是奇妙的一天。」我伸了個懶腰，望著手中的鑰匙。

「留下了不少回憶。」母親淡淡地說。

母親從明天開始將過著什麼樣的生活？我突然感到有些不安。我跟她坐在狹窄的車子後座，愣愣地看著她的側臉。過去我常抱怨父母不懂人情世故，但仔細想想，或許我只是從他們身上看見了自己。

坐在副駕駛座的父親終於動了起來。在家庭解散的前一刻，他終於恢復了意識。但他並沒有完全清醒，依然呢喃著宛如夢話般毫無條理的話語。

「眞是的。」聽我這麼說，母親笑了起來。就在這時，我的手機收到了訊息，「沙希，妳還好吧？家庭會議結束了嗎？」我不知如何回應，想著想著，忽然想像起岡田回來後的景象。

「岡田，你一定要跟我爸爸當朋友。」我一定會這麼拜託他吧。他或許會瞥一眼坐在副駕駛座的父親，笑著說，「我才不想跟這種醉鬼當朋友。」

「岡田剛剛說了一句好話。」母親突然說。

「哪一句？」

「將排檔打入D檔，就會自己前進。」

我一臉狐疑地望著她。

「妳不覺得一聽到這句話，心情就輕鬆不少？不用費什麼苦心，也會往前邁進。」

「是嗎？」我這麼說，同時試著將身體裡看不見的排檔打入D檔。

第二章 超光子作戰

雄大正等著紅綠燈。這是條有著中央分隔島的寬大馬路，前方的斑馬線非常長。雄大正要放學回家。直到剛剛，雄大還在跟同班同學爲了四年級的班級足球對抗賽互相加油打氣，既興奮又激動。與同學道別，來到這條十字路口上時，步伐卻變得異常沉重。

雄大聽見有人叫自己的名字，轉頭一瞧，一個三年級時曾跟自己同班的朋友走過來，「再見。」他輕拍雄大的書包，跑向馬路的另一頭。這只是個毫無惡意的友善舉動，卻讓雄大的背上隱隱抽痛。

雄大放下書包拿在手上，想要檢查背上的傷勢。但不管怎麼轉頭就是瞧不見，手也碰觸不到。

忽然之間，雄大感覺背上起了一陣涼意，氣溫宜人的秋風拂上自己的背部。

「哇，這可傷得眞嚴重。」身後傳來說話聲。

「咦？」雄大急忙回頭。

一個大人蹲著掀開雄大的襯衫，看著他背上的傷。

「這瘀青還很新，是最近才被打傷的吧？」一臉鬍碴的中年男人起身說道。臉上雖有笑意，眼中卻帶著怒意。

中年男人穿著西裝，就跟父親平常上班時的打扮一樣。但不知爲何，雄大看得出眼前這人並不是一般的上班族。中年男人的背後還站著一個年輕男人。一頭黑髮，下顎結實，胸口肌肉高高隆起。

「溝口哥，你亂拉小學生的衣服，這樣不太好吧？」

「岡田，我小時候也被老爸虐待過，所以我看得出來。小孩子身上出現瘀青，只有三種原因。一是遊玩時受傷，二是在學校被欺負，三是在家裡被虐待。」

「啊，原來如此。沒想到溝口哥有著這樣的過去。」被喚作岡田的男人一臉悠哉地說。

「若是遊玩受傷，瘀青不太可能在背上。」溝口拉著雄大的襯衫邀岡田一起觀看。雄大感覺自己的背被當成了遊戲主機的畫面，卻不敢反抗。「而且你仔細瞧瞧，這些傷痕又細又長，不是拳頭打出來的，是以繩索之類的道具鞭打造成的。」

「好痛……」雄大扭動身體。

「抱歉，很痛嗎？這肯定是遭到父親嚴刑拷打，絕對不會錯。」

「嚴刑拷打？又不是古代。或許只是管教孩子。」

兩人你一言我一語地看著雄大的背部，完全沒有考量雄大的心情。

「所謂的管教，多半只是藉口而已，小孩並沒有錯。就算有錯，也不應該被打得這麼慘。」

「溝口哥，你很喜歡小孩？」

「倒也沒多喜歡，只是看到這種遭虐待的小孩，沒辦法置之不理。」

「原來如此。」

雄大一時不知該如何反應。岡田也蹲在溝口旁邊，看著瘀青說，「嗯，這一定很痛。」語氣簡直像是在評論手工麵包的燒烤火候。

雄大愈聽愈是生氣，忍不住拚命掙扎，離開兩人身邊，匆忙揹起書包。

「溝口哥，既然這小孩受到虐待，我們得幫幫他才行。」岡田說。

溝口先是張大嘴，接著像是聽到了有趣的笑話一般，猛然哈哈大笑，口水全噴了出來。

「幫他？我爲什麼要幫他？」

「溝口哥，你不是說你小時候也受到虐待？基於同情或同理心，不是會感同身受嗎？」

「我還孝感動天哩。」溝口應了一句牛頭不對馬嘴的話，「你聽好了。父親虐待小孩是一種病，局外人是治不好的。當年我老爸也是這樣，附近鄰居都知道他虐待小孩，還有人通報區公所。區公所派人來家裡對老爸好言相勸，他還是毫無反省。他堅持這是管教，外人也無法插手，何況沒有人會一天到晚監視著我跟老爸的生活。就算他答應絕不再犯，過陣子還是會對我動粗，這是絕對改不了的。」

「那這孩子該怎麼辦才好？」

「只能咬牙忍下去了。」

「呃……」雄大張了嘴，卻不知該說些什麼。

「長大之後，變成像我一樣成功的大人，這是唯一的解決辦法。」溝口趾高氣昂地說。

雄大心想，這個人一點也不像成功的大人。

「我說句老實話，溝口哥根本不是成功的大人。」岡田說。

「岡田，到底要怎樣才能變成成功的大人？」溝口忽然一臉嚴肅地問。

「你問我，我問誰？」

「我活到這麼大年紀，還不曾徹頭徹尾完成一件事呢。」

「或許可以找些書來看。我只是隨口說說，你別太當眞。」

「不然我來讀《骷髏13》好了。」

「漫畫？」

「是啊，已經出了一百集以上。要是能全部讀完，或許能當上成功的大人。」

「我在精神上支持你。」岡田露出苦笑。

「請問……我該怎麼做才好？」雄大終於說話了。

「該怎麼做？嗯，好好加油吧。」

「溝口哥，別這麼無情，給他些具體建議吧。」

「我哪來的具體建議可以給他？何況蹚這種渾水也拿不到任何好處。」

「不如由我將他父親好好罵一頓？」

「沒用的。那種自我中心的老頭，別人說的話只會當耳邊風。」

岡田點點頭，「我可以理解，因爲我媽也是這種人。永遠認爲自己最正確、最偉大，只要我有什麼事情做不好，就會氣得破口大罵。」

「你小時候是優等生？」

「小學時成績還不差，還上過補習班。」

「補習班？真了不起。看來我不把《骷髏13》讀完，面子可真的掛不住了。」

「這兩者沒關係吧。」

溝口與岡田聊個沒完，行人號誌燈已變成綠燈，並響起可通行的音樂聲。

溝口率先走上斑馬線，岡田走在溝口後頭，雄大則走在最後。

「喂，岡田，那間倒掉的超市在哪個方向？」溝口轉頭問。

岡田指向右前方。連雄大也知道那裡的確有一間已經結束營業的大型超市，不但給人黑壓壓的印象，而且店內一片空蕩。

「對了，岡田，你可別忘了阿權那件事。」

「阿權……阿權……」岡田敲著腦袋，試圖喚醒記憶，「啊，我想起來了。是不是上次撞的那輛？」

「對，那個撞上我們的賓士車後，眼淚快掉下來的五十多歲老頭。我沒記錯的話，他叫權藤吧？你差不多該上門找他討錢了。」

雄大聽不懂兩人的對話，但感覺得出來氣氛不對勁。最近才看的動畫裡的壞蛋們似乎也說過類似的話。雄大不想跟這兩人扯上關係，故意愈離愈遠。

不知不覺中，雄大嘆了口氣。離家愈近，心情愈沉重。雄大看著地上的斑馬線，盡量踩在白線上。白線的間距相當寬，必須小跳躍才能辦到。雄大在心中許願，只要能只踩著白線通過馬路，今天爸爸就不會生氣。

好希望爸爸今天晚點回家。

岡田在斑馬線的盡頭停下腳步。雄大一直看著地面，差點與岡田撞個正著。

「你叫什麼名字？」岡田問雄大。

「別管那種小鬼了。」溝口不耐煩地說。

「搭上快速移動的交通工具，時間的前進就會變慢。根據愛因斯坦的理論，運動中的物體與靜止的物體相比，前者的時間比較緩慢。」

男人正在咖啡廳看報。隔壁桌坐著兩名客人，其中年紀較大的那個突然說了這麼一句話。那人有著滿頭白髮，身上披了件深綠色的外套。坐在他對面的是個年輕人，身上穿著西裝。

至於這個男人則是從事一整天在外頭東奔西跑的業務工作。每到下午，男人通常會到這間咖啡廳休息。大部分的時間，男人總是在發呆、看報紙或翻閱漫畫週刊。但有時男人爲了發洩心中的悶氣，會以手機在網路上胡亂寫一些謾罵的文章。這種做法大多無法完全紓解心中的鬱悶之氣，因此他接著多半會寫電子郵件給妻子，提出一些無理的要求，或是將她罵得狗血淋頭。

「其他三十一歲的男人，可不像你這麼窩囊。」今天早上，男人在公司遭上司如此譏諷。男人正思索著該如何宣洩這股怨氣，偶然聽見了隔壁桌傳來的對話。

「教授，有沒有可能靠這個理論製造出時光機？」年輕人問。

男人心想，這個身穿土氣外套的老人多半是某所大學的教授吧。但「時光機」這個話題實在太過可笑，男人忍不住假裝若無其事地瞥了一眼那兩個客人。那兩人一臉嚴肅，雖然只是從容的閒聊，卻跟上課沒有多大分別。

「速度愈快，時間進展愈慢。我舉個例子，假設你搭上一艘接近光速的火箭，進行了一趟宇宙之旅。」

「是。」

「當你在一年後回來時，地球的時間可能已過了兩年。換句話說，你花了一年的時間，卻到了兩年後的世界，這也算是一種時光機。除了速度之外，重力也會影響時間的快慢。承受的重力愈強，時間的進展愈慢。因此若是去到一個重力極強的地點，過一陣子再回來，也會產生時空跳躍的效果。」

「重力極強的地點？例如什麼樣的地方？」

年輕人與老人一問一答，對話俐落流暢，簡直像是練習舞台劇裡的橋段。

「例如中子星上的重力高達地球的一千億倍。不過人類要是真去了那種地方，當然早就被壓扁了；但以理論而言，這也可以用來代替時光機。」

身穿西裝的年輕人點點頭，立刻又歪著腦袋說，「可是這跟我想像中的時光機不太一樣。」

「是啊，並不是輸入西元年號，就可以立刻跳到那個時空去。不過至少這意味著時光機並不是絕無可能實現的天方夜譚。」

「也能回到過去嗎？」

老人以宛如演戲般的誇張動作搖了搖頭，「時間回溯又是另一回事，靠高速移動及重力是辦不到的。」

「可是教授，我聽過一種說法，只要速度超越光速，就可以讓時間倒轉。」

「話是這麼說沒錯，但根據相對論，任何物體都不可能比光速還快。」

「啊，原來如此。」年輕人點點頭，並沒有露出沮喪之色。

男人在一旁聽著兩人悠哉地大談時光機，愈來愈不耐煩。他們不談社會問題或是心中的煩惱，卻討論光速、時光機什麼的，到底有什麼意義？男人心中湧起一股對這兩人飽以老拳的衝動。

「這麼說來，搭時光機回到過去，讓自己的人生從頭來過，只是電影及小說裡的情節？」

「倒也不見得。」老人以略爲輕浮的語氣說，「有些科學家憑著一些牽強附會的理論，認爲宇宙中還是存在一種速度超越光速的物質，稱爲超光子。」

「教授，你不是說根據相對論，任何物體都不可能比光速還快？」

「嚴格來說，是任何物體都不可能加速至超越光速。」

「什麼意思？」

「就算速度再怎麼增加，也不可能超過光速，這是相對論的基本概念。但有些科學家認為『或許有一種物質，原本的速度便已超過光速，根本不用加速。』」

「那是一種假設的物質？」

「沒錯，就是超光子。」

「那不是實際存在的東西？」

男人愈聽愈覺得這兩人如此熱心地討論根本不存在的東西，根本是愚蠢至極。所謂的科學家，原來都是些不食人間煙火的仙人，就像一群不知民間疾苦的溫室大少爺，令人望而生厭。

「實際上或許不存在，但理論是說得通的。如果超光子確實存在，回到過去的時光之旅也將不再是夢想。」

「眞的嗎？」

「這只是理論，你問我是不是眞的，我也說不上來。」

若只講理論，廢除全世界的毀滅性武器或防止學校及公司內的霸凌問題，都是輕而易舉的事情，男人忍不住想要如此嘲諷。

「此外，以蟲洞進行時光旅行的理論也很有名。」

「啊，我也聽過蟲洞，那是種像黑洞一樣的洞穴？」

「不過就像超光子一樣，蟲洞也是未經證實的存在。」被年輕人喚為教授的老人問，「對了，如果能夠回到過去，你想回到什麼時候？」

「這個嘛……」年輕人故意賣起關子，以長長的睫毛朝老人拋了個媚眼，半晌後才說，

「我想回到遇上教授前，這樣的話就不用忍受這種心情了。」

男人錯愕地望向兩人。這對師生之間似乎有著超越年齡與性別常識的禁忌之愛。一股噁心感受湧上男人心頭，他更加用力地抖起了腳。

「午安。」

權藤一看見眼前的年輕人，登時胃部一陣抽痛。前幾天，年輕人曾在電話中說過「這陣子將前往拜訪。」但權藤沒想到他會找到上班的地方來。

遭他奪走的駕照上有著電話號碼、地址及姓名，但權藤以為他們只是想要勒索金錢的小混混，不會太得寸進尺。如今看來，自己實在太天真了。

「抱歉，現在是上班時間。」權藤冷冷地說。

「權藤，你這店眞不錯。」年輕人英姿挺拔且肌肉結實，看起來和運動員沒兩樣。但身上的襯衫印了一條大鯉魚，而且故作親熱的態度，卻又給人一種品行不良的印象。權藤還記得這個年輕人叫岡田，一見他走近，霎時感受到一股危險的氣息。

「我很喜歡文具店。文具的種類五花八門，而且不是賺取暴利的商品。文具是生活上必定要用到的東西，販賣所得的利潤卻不高，我很喜歡這種腳踏實地又誠信的處世態度。」

「喔……」權藤隨口應了一聲。對方刻意吹捧，一定在打什麼鬼主意。

「你這店還幫人製作門牌？看起來眞不錯，我的公寓門口也想掛一個呢。」

權藤管理的這家店主要經手辦公用品，占地廣大，除了販賣文具及電腦配件外，還接受訂製門牌及明信片。

「有什麼事嗎？」權藤一臉狐疑地低聲問。那些工讀生店員正不時朝自己偷看。權藤心想，或許工讀生以爲有個態度惡劣的年輕客人正在找店長麻煩。爲了不讓他們起疑，自己一定要表現出強硬的態度才行。

「就是上次那件事。你撞上我們的賓士車，害我們車子的保險桿彎了，後車廂也扭曲變形。」

「我事後回想，當時你們的車根本沒有煞車，因爲沒有亮煞車燈。」

剛發生事故時，權藤嚇得失去了冷靜，加上自己因分心思考事情沒有馬上踩下煞車，也增添了心中的罪惡感。面對兩個凶神惡煞的男人，權藤只好乖乖交出駕照，還答應賠償修理費。但事後仔細回想，那輛賓士車從一開始就有些鬼鬼祟祟，不但速度極慢，而且緊急煞車時也沒有亮煞車燈。

岡田突然湊近權藤，在他耳邊說，「阿權，你可別含血噴人。我是無所謂，但溝口哥的個性纖細又神經質，他要是知道你這麼誣賴他，可是會抓狂的。你將他當作製造假車禍的騙子，他一氣之下，可能會哭著打電話給你太太，說出『阿權當時載著穿著清涼的辣妹正在兜風』之類的話。」

岡田的說話方式既無抑揚頓挫，也不像流氓說話那樣捲舌又抖音，一字一句聽得清清楚楚。

權藤想要大喊，「你們本來就是製造假車禍的騙子。」但實在不敢說出口。那場車禍顯然是他們故意引起的，只是不知道是事先早有預謀，還是臨時起意。然而就像岡田所說的，基於妻子無法容許的理由，當時自己的車上確實載了一個妻子不認識的女人。無論如何，絕對不能讓這件事張揚出去。

「你跑到我店裡來說這些，到底想怎麼樣？」

「權藤，我可不是在勒索你。我只是想討回賓士車的修理費及溝口哥受傷的醫藥費。」

權藤氣得七竅生煙，卻不敢反駁。

「你開個價吧。下次你來時，我會準備好的。」

岡田喜孜孜地瞇著眼睛說，「幸好你是個明理的人，讓我鬆了口氣。你不認爲人生中最大的悲哀，正是與他人起爭執嗎？」

與人起爭執正是你們這些假車禍騙子的拿手好戲吧？權藤忍不住想要說出這句話。

「權藤，既然你是這麼明理的人，我還有個不情之請，希望你能答應。」

權藤往左右瞥了兩眼問，「你還想幹什麼？」

「我有個構想，目前還在規劃細節。」

「什麼？」

「請讓我拍一些你被我揍的照片。」

權藤睜大雙眼，急忙說，「暴力是不好的行爲。」

「你別誤會，只是裝裝樣子，拍幾張照片就行了。」

「你要把照片散布出去？」

權藤想到這種窩囊照片將讓自己成爲家人、同事之間的笑柄，一股怒意湧上心頭。

「你放心，我不會做那種事。我只是想請你演一齣戲，希望你好好表現。」

「唉，眞是慘不忍睹。」岡田看著少年的背，忍不住說道。

這少年正是三天前在等紅燈時被溝口哥拉起衣服，認定爲「遭父親虐待」的少年。岡田心想，當時少年正要放學回家，因此只要在相同時間到相同地點等候，一定能再遇上。果不其然，少年再次出現在岡田的眼前。

上一次，岡田已問出少年的名字是「坂本雄大」。這一次，岡田再次謊稱自己是醫生，將雄大拉到路旁，要求雄大讓自己看看傷勢。少年還搞不清楚狀況，岡田已拉起他的襯衫。

雄大的背上除了三天前的傷痕外，還多了一條斜斜的瘀青。

「這是新傷。」岡田故意說得冷淡，與少年保持距離。根據從小到大的經驗，岡田知道對他人抱持過度的同情或體諒，只會帶來不好的結果。自己每次只要想幫助他人，就會被罵「多管閒事」。母親尤其將這種行爲視爲大忌。她經常告訴岡田，「有時間關心別人，不如好好思考如何讓自己成功。」

岡田輕輕觸摸傷痕，少年痛得掙扎起來。「你媽媽呢？她怎麼沒有阻止爸爸做這種事？」

「媽媽要是阻止，也會一起被打。」

「原來如此，你是爲了保護媽媽，眞是偉大。」岡田說。

少年似乎沒料到會受到讚美，有些嚇了一跳。他用力咬著下唇，壓抑心中的情緒。

「你爸爸爲什麼對你做這種事？是不是因爲一直找不到工作？」

「爸爸有工作，而且是很好的公司。」

「很好的公司？眞羨慕啊。你爸爸幾歲？」

「好像是三十一歲。」

「眞是年輕。」三十一歲就有十歲的兒子，可見得結婚時才二十歲左右。

少年點了點頭。

岡田又問了幾個問題，想要釐清少年父親虐待他的詳情，但少年不肯回答。一來少年不肯和形跡可疑的陌生人說太多話，二來少年自己也搞不清楚父親的虐待行爲到底算不算壞事。

岡田費了好一番功夫，才問出少年父親虐待孩子時，使用的是一種自製的鞭子。說穿了就是一條細繩，上頭綁了數個結。

「簡直像是虐待囚犯的獄卒。」岡田呢喃，雄大似乎聽不懂這句話的意思。

當然，父親總是告訴雄大，他的暴力行爲並非虐待，而是管教。

「是我做了錯事，才會被打。」雄大有氣無力地說。

但岡田問出那些所謂的「錯事」，原來都是些無關緊要的小事，令他不禁大爲感慨。

「我拍張照。」

「咦？」

岡田不由分說地掏出數位相機，拍下少年背上的傷痕。由於逆光的關係，岡田調整了好幾次角度。

「你在幹什麼？」少年除了錯愕之外，還開始感到恐懼。

「這傷比較大，看起來很清楚。」岡田自顧自地說著，接著又問，「除了這些之外，你身上還有沒有明顯的痣或傷痕？」

「痣？」少年畏畏縮縮地指著右肩附近的背後，「這裡好像有。」

岡田拉開雄大的衣服一看，那裡的確有顆一圓硬幣大小的黑痣。「很好。你爸爸知不知道你身上有這顆痣？」

「嗯，他還常常爲這件事生氣，說這顆痣太噁心，看起來像眼珠。」

「眞是莫名其妙。」

「你也覺得這顆痣很奇妙？」

「我的意思是你爸爸太過分了。」岡田苦笑著說。

少年沒有回話。

「你不知道你爸爸跟其他人的爸爸有什麼不同，我就直接告訴你吧。他這樣的做法，實在太過分了。我的父母也不怎麼樣，但跟你爸爸比起來好多了。我不知道你爸爸是爲了什麼理由才打你，但總之不是因爲你做錯了事。」

「可是……」

「就像溝口哥所說的，這種家庭暴力很難遏止。在長大之前，你只能盡量忍耐。要是看苗頭不對，就逃吧。」

「逃？」

「你爸爸要打你，你就逃走，不必反抗他，也不必討厭他。就算是再心愛的狗，要是發狂咬人，主人也會趕緊逃命。下雨天要撐傘，虎頭蜂來了要趕緊躲回家裡。同樣的道理，不管你多喜歡爸爸，如果他要打你，你就趕緊逃。要是他責罵你，你就回答『我喜歡爸爸，但不喜歡被打。』喜歡歸喜歡，但這跟承受暴力是兩碼子事。」

「兩碼子事？」

「對，暴力是不好的行爲，但使用暴力的人不見得就是壞人。」

「這樣就能平安無事？」少年露出期盼的眼神。

「多半不會平安無事，這只是沒有辦法中的辦法。」岡田皺眉說，「不過你別擔心，我會給你爸爸一點教訓，讓他不敢再做這種事。」

「你要揍他？」

「你希望我揍他？」

少年搖了搖頭。

「眞是個乖孩子。你放心，我不會使用暴力。何況溝口哥說過，這種人就算被打也只會生氣，並不會自我反省。要讓他徹底改掉虐待孩子的行爲，就必須在他心裡植入『這麼做的後果不堪設想』的觀念。我媽媽也是這樣，這種人永遠認爲自己完美無缺，只有自己的做法才是正確的。要讓他們改，只能反過來利用這點。」

「你要怎麼做？」

「有幾件事要你幫忙。」岡田從自己帶來的紙袋中取出一個薄薄的單片裝DVD盒。「家裡有沒有DVD播放機？你會不會操作？」

「會。」少年點頭說道。

「你爸爸看不看這種電影？」

那是電影《魔鬼終結者》的DVD。

「他常常看電影，好像很喜歡。」

「好，你趁爸爸在家時，播這片DVD給他看。不用勉強，如果做不到就算了。假如他願意看，就陪他一起看。這故事說的是對抗來自未來的男人。」

「咦？」

「剛開始的時候，會有一個很壯的男人搭時光機從未來世界來到現代，身上什麼也沒穿。」

「我好像看過這片！」

「你爸爸或許也看過。當你跟爸爸一起看的時候，你就問他『爲什麼這齣電影裡會有個沒穿衣服的男人？』如果沒辦法做到，那也沒關係。」

「爸爸知道答案？」

「他不知道吧。答案並不是重點，我只是要在他心中留下『裸體男人』這個印象。」

「喔。」少年一臉納悶地應了一聲，然後點頭說，「好，我知道了。」

「很乖。」岡田笑著輕拍少年的書包，「對了，家裡有沒有爸爸的照片？我現在陪你回家，你幫我找找。這件事最好別讓媽媽知道。還有，順便告訴我，爸爸每天回家的時間。」

「你可真愛沒事找事做。」溝口一邊說，一邊不斷掏著自動販賣機的找零處，發出喀喀聲。這時溝口正與岡田來到倒閉的超市門口。超市老闆由於沒有時間處理店內殘留商品，因此委託兩人前來取走值錢的東西，並處理掉其他殘留商品。上次兩人已來過一次，卻因打不開鐵捲門，只好無功而返。這是兩人第二次造訪。

「你插手上次那小孩的家務事，難道能得到什麼好處？」溝口問。

「什麼好處也得不到。反正閒著也是閒著，不如找點樂子。」岡田面無表情地說著，一點也不像開玩笑。

「對了，這給你。」

溝口從外套口袋中掏出一張卡片，遞給岡田，那是岡田委託溝口製作的假駕照。

「謝謝溝口哥。」岡田接過假駕照，拿到太陽底下仔細端詳，宛如在分辨紙鈔的眞僞。

「做得太像了。」岡田呢喃。

「那是以上次那個阿權的駕照爲範本做出來的。以現在的僞造技術，做這種東西就跟吃稀飯一樣容易。不過上頭印的不是阿權的名字，那是誰啊？眞的有這個人嗎？」

「眞的有。」岡田說完，忽然「啊」了一聲，滿臉歉意地將假駕照還給溝口，「溝口哥，對不起，能不能修改一下？我會再付一次錢的。」

「修改？」

「這裡的有效期限，我想改成『平成』以外的年號。」

「搞什麼，我還以爲是你給我的資料上寫錯了，特地幫你改回來呢。你寫的那個年號，我從來沒聽過，眞的有那種年號嗎？」

「我也不知道。」

「你也不知道？」

「還有，我希望將這駕照縮小一點。」

「對了，這點你好像也跟我提過。但一改尺寸，馬上會被發現是假貨的。」

「只要有一點微妙差距就行了，我會付錢的。」

「不用了、不用了。」溝口揮手說，「是我自作主張，沒有搞清楚你的要求。雖然我不知道你想幹什麼，但既然你這麼說，就照你的意思吧。那個製作假駕照的傢伙欠我一份人情，只要我吩咐一聲，他馬上會幫我修改。」

「謝謝。」岡田低頭鞠躬。

溝口心想，這小子的個性眞是一板一眼。若不是自己要求，這小子恐怕不會做出違法行徑，甚至是利用他人的不幸或失敗來獲取利益。總有一天，這小子可能會突然從自己面前消失。就像結束青春期及反抗期的兒子突然提出「我想搬出去住」的要求一樣，這小子可能會若無其事地說出「我可能不適合跟著溝口哥工作」這種話。溝口心想，如果眞的發生這樣的狀況，自己該如何回應？或許現在想這些還太早，但總得先做好心理準備。

「好，我們進去吧。」溝口走向超市窗戶。

「對了，我們怎麼打開鐵捲門？」岡田問。

「我問過了，他叫我們這麼幹。」溝口撿起一顆拳頭大小的石塊，砸破了玻璃。碎片隨著巨大聲響四下飛散。爲了安全起見，接著溝口又仔細地一一清掉殘留在窗櫺上的碎片，才謹愼小心地扶著窗台，「嘿咻」一聲跳了進去。

「這麼做好嗎？」岡田一邊問，一邊跟著跳了進去。

店內一片漆黑，空氣中瀰漫著一股溼氣。

展示架上依然留著少量商品，看起來像是整理到一半便遭棄置不理。既不像營業中的店鋪，也不像廢棄的空屋。若要勉強形容，或許有點類似正在進行改裝整修。

「詳情我也不清楚，據說是爲了領保險金的關係，東西壞愈多愈好。」

「眞的嗎？」

「我也半信半疑。但人家既然要我們砸爛店裡東西，肯定是有什麼理由吧。」溝口說著，推倒了身旁一座由泡麵堆成的小山。那座山迅速崩塌，彷彿是場小小的山崩。

岡田也有樣學樣，一一推倒身旁陳列的商品。

兩人沒再說話，默默進行著店內的破壞行動。

「你爲了打發時間而鋤強扶弱，這是你的自由，但製作假駕照之類的，應該花了不少錢吧？」溝口說出了心中的疑問。

「我倒不認爲這是鋤強扶弱。我只是想不出其他花錢的門路，才打算玩點有趣的把戲。阿權相當熱心地參與我的計畫，倒讓我有些意外。」

「阿權」指的是前幾天開車撞上賓士，嚇得面無血色的文具店店長權藤。他大概五十五歲左右，看起來卻是一臉倦容，有如退休老人。不僅如此，還是個冥頑不靈的老頑固。平日多半是板著一張臉，只是屈服於溝口及岡田的淫威之下，才忍氣吞聲不敢反抗。當時坐在權藤車上的那個年輕女人，似乎也不是眞心愛著他，只是抱著得過且過的心態維持交往關係。在溝口眼裡，權藤並沒有偷腥外遇者特有的熱情活力。沒想到如此暮氣沉沉的權藤竟然會對岡田的計畫感興趣，確實是件令人驚訝的事。

「岡田，沒想到你是這麼雞婆的男人。」溝口笑了起來。

岡田聳聳肩，連自己也有些意外，「其實我從小就是熱心助人的孩子。」

「少騙人了，像你這種人，小時候一定是整天臭著臉的怪咖。」

「岡田，完成了。你看看，做得不錯吧？」

權藤在岡田面前掏出了一張紙。這個人有張國字臉，戴了副眼鏡。不管是第一次遇到時也好，在文具店見面時也好，他總是一臉死氣沉沉，典型的人生正在走下坡的中年男人。如今的他卻變得神采奕奕，就像正要上游泳池的小學生。

這裡是岡田所住的公寓。房內蕭條空蕩，混凝土牆壁並未上漆，幾乎沒有家具，就連桌子也沒有。除了牆角有張床之外，只堆積著一些從前買的運動鞋盒。

權藤跪坐在冰冷的地板上。岡田並沒有如此要求，是他自己主動表現得如此恭謹。

岡田接過權藤遞來的紙。共有兩張，一張是黑白印刷的Ａ４影印紙，看起來像是外行人製作的宣傳單，上頭的標題是「關於數天前的爆炸聲及可疑人物。」岡田之前指示權藤將這張紙製作得像是夾在社區傳閱板內的通知函。

紙上所寫的內容如下：

三天前的深夜，結束營業的宮田超市店內傳出原因不明的輕微爆炸聲。依店內損害情況看來，應是發生了小規模爆炸。同一時間，附近居民目擊一名全身赤裸的男人。如今這名男人已不知去向，目前尚未傳出受害情事，警方已介入調查，請社區內各住戶在外出時特別注意安全。

「不過，把這張紙夾在傳閱板裡，那個孩子的父親眞的會看嗎？」權藤歪著腦袋問。他擔心的似乎是自己的精心傑作到頭來沒有派上用場。

「雄大說過，他爸爸經常看社區傳閱板。是否每次都看，我也不知道。」

「一個虐待兒子的傢伙會看傳閱板？」權藤顯得有些意外，「何況他是個三十多歲的男人，怎麼會對社區管理事務有興趣？」

「不，剛好相反。」岡田說出心中想法，「正是因爲他虐待兒子，才會對社區內的事情更加注意。」

「什麼意思？」

「他擔心自己虐待兒子一事已在社區內傳開，或是區公所及兒童諮詢中心發出了新的聲明。爲了確認兒子及妻子沒有向任何人或主管機關告狀，他應該會對特別注意社區內的消息。」

「他眞的會這麼做嗎？」

「如果他沒看到，那也沒關係。雖然讓你做白工有些不好意思，但這種事就是這樣。安排許多蛛絲馬跡，只要其中有幾個成功就行了。」

「另外這張也是全力之作。」

權藤從公事包中取出一張報紙。不，嚴格來說，那是一張權藤以店內機器印刷的假報紙。

「太棒了，做得像眞的報紙一樣。」

「要做成這樣，可是需要相當高明的技術。」權藤撐大鼻孔，得意洋洋地說，「我先掃描今天的早報，換掉一則報導，再重新印刷出來。」

換上去的假報導有著斗大的標題，「科學家利用加速裝置發現超光子」。

內容如下：

「由高速粒子研究中心（茨城縣筑波市）等單位共同組成的國際共同研究團隊『GOND』在五日於美國的高能物理學國際會議上發表研究報告，聲稱發現由四顆夸克所組成的超光子。夸克（quark）是組成自然界物質的基本粒子，無法單獨存在。三顆夸克可以組成質子及中子，兩顆夸克可以組成介子。該研究團隊早在去年便已找到可能是由四顆夸克組成的不同粒子，今年的會議上更出現了許多相關的研究報告。有學者指出，『我們更加確定超光子這種嶄新的物質形態。就理論上而言，我們可以利用超光子製造出速度超越光速的物質。十年之內，時間跳躍恐怕將不再是夢想。』」

這篇文章其實是出自岡田之手。他不是憑空寫出來的，而是在網路上以「發現新粒子」爲關鍵字進行搜尋，找到一篇名爲〈科學家利用加速裝置發現三種由四顆夸克組成的新粒子〉，由共同通信社於二〇〇八年八月五日發表的文章。岡田將文章內容稍微修改，就成了一篇「發現超光子」的文章。其實岡田本人根本看不懂這篇文章的內容，只是單純將文章裡的一些字眼替換成超光子。任何人看了這篇文章後的反應，多半都是一頭霧水吧。但岡田認爲重要的並非內容的細節，而是「看起來像一回事」。至於「GOND」，則是權藤的羅馬拼音「GONDO」變化而來，算是岡田的一點惡作劇。

「這文章到底在說些什麼？」權藤只是依照岡田的指示製作了這張假報紙，卻看不懂內容。

「我也看不懂。」岡田老實回答，「不，愈是艱深難懂愈好。只要給人一種『滿口專業術語的科學家發現超光子』的模糊印象就行了。」

「超光子到底是什麼？」

「我之前在一部關於時間旅行的漫畫上看到的字眼。聽說只要利用速度超越光速的超光子，就可以回到過去。」

「這是真的嗎？」

「若只談理論，世界上大部分問題都能解決。」

「但實際做起來卻往往行不通，到底是什麼在從中作梗？」

「感情吧。」岡田想也不想地回答。

「我沒聽過超光子，不過我聽過蟲洞，聽說那是類似黑洞的東西。」

「蟲洞存在於扭曲的時空中，只要通過蟲洞就能回到過去。漫畫裡也提過這個理論，不過這有點太過頭了。」

「太過頭？」

「一聽就知道是假的。日常生活裡，任何人聽到蟲洞，都會聯想到漫畫或電影情節。知道超光子的人不多，感覺反而比較真實。」

權藤摸了摸鬍鬚，接著問，「對了，你已經讓他聽過超光子的理論了？」

「大約一星期前，他到咖啡廳休息時，我找了兩個人坐在他旁邊，假裝是教授與學生，裝模作樣地大談超光子理論與時間之旅。當時我躲在一旁觀察，看他聽得很仔細。」

扮演教授與學生的那兩人，其實都是岡田的熟人。

溝口及岡田所幹的違法工作，其實都是來自毒島的委託。說穿了，他們就像是下游或下游轉包的現場作業員。除了溝口及岡田之外，另外還有不少人幹的也是類似的工作，大家互相認識而且時常互相幫忙。這些人的精神狀態多半不太穩定，但若是單以付錢辦事的角度來看，算是相當值得信賴。這一次，岡田正是委託了其中兩人來客串演出。那兩人聽到「在咖啡廳說幾句莫名其妙的話就能拿錢。」都是又驚又喜，表現得相當稱職。他們早已習慣在受害者面前表現出凶狠的模樣，演戲對他們來說不是什麼太難的事情。

「你只要告訴我日期，我那天一大早就會趕工印出加了這篇報導的假報紙。只要一份就夠了？」

「對，只要送到雄大家的那一份就行了。」岡田打算在那天將雄大家信箱裡的眞報紙換成假報紙，讓雄大的父親閱讀發現超光子那篇報導。

「權藤，在正式上場前，還有件事要請你幫忙。」

「對了，我今天來正是爲了這件事。」權藤說，同時以小鏡子看著自己。他的另一隻手上拿著雄大給的照片。那是一張幾年前的舊照，上頭的人正是雄大的父親。

「權藤，沒想到他跟你這麼像，也戴著眼鏡，身高也差不多，省了我不少麻煩。」

岡田前幾天已在咖啡廳裡看過雄大的父親，那個人有著不高不矮的中等身材。岡田原本打算如果雄大的父親太高，就要在權藤的鞋子上動手腳，如今看來可以省了這個步驟。權藤的眉毛比雄大父親的眉毛要濃一些，岡田要權藤將眉毛剃薄，權藤竟毫不猶豫地一口答應，「沒問題，要做就做徹底一點，讓我變得跟他一模一樣。如果可以的話，我還想在正式上場前看看本人長什麼樣子。」

「這眞是好主意，我竟然沒想到，依你所扮演的角色，在他家附近到處找他，也很合情合理。若你能這麼做，會更有眞實感。如果可以的話，你應該向附近鄰居打探關於他的事情。」

「故意讓消息傳入本人的耳中？眞有意思，我簡直成了間諜。」權藤一臉嚴肅地像個正在執行任務的間諜。岡田一聽，霎時愣了一下。

「你怎麼了？」權藤問。

岡田回過神，「唔，我以前有個同學……」

「你的同學？」

「聽說他父親是間諜。」岡田接著只是聳聳肩，沒再詳細解釋。

房間中央有個腳架，上頭設置了數位相機。岡田湊了過去在數位相機上看了一眼，拍手說，「好了，我們開拍吧。」

他同時脫下襯衫。或許是曾經做過肌肉訓練的關係，他自然而然地雙手握拳，擺出拳擊動作。

「喂，你可得手下留情。」

「別擔心，我不會真的打你或踢你，只要照片看起來像那麼一回事就行了。」
「話說回來，你背上的傷痕可真是逼真。」權藤看著岡田的背。
「做得很像吧？這其實是貼紙。」岡田背對著牆上的掛鏡，檢視背後的傷痕。要找到製作這種騙人小道具的高明師傅一點也不難。
「這裡還有顆痣。」岡田指著右肩上的黑圈，「如果靠近看，馬上就會穿幫，但拍成照片，就像真的一樣。」
「那孩子身上有這種特徵？」
「沒錯。」
「既然如此，應該挑一個最能看清楚傷痕及痣的角度。」權藤開始思索兩人所站的位置。
「以動畫模式拍攝，再挑出最像那麼一回事的畫面製作成照片就行了。」
「『像那麼一回事』是你的口頭禪？」
「騙人的訣竅不在於是不是真的，在於像不像真的。」岡田點頭說。這是他在騙人無數次後得到的教訓。

這一天，坂本岳夫一覺醒來，沒看到妻子與兒子雄大。這兩人竟然在我睡覺時擅自外出，到底把一家之主當成什麼了？坂本一時怒上心頭，直到看了桌上的留言字條之後，才恍然大悟。今天雖是星期六，但學校舉辦了活動，而且鼓勵父母一起參加。大約一個月前，妻子曾詢問坂本是否願意出席，但坂本二話不說便拒絕了。工作了一個星期，假日應該好好休息，絕不能把精力耗費在小孩子的事情上。「妳每天在家裡吃閒飯，妳去就行了。」坂本這麼告訴妻子，她竟然回答，「我當然會去，但如果你也能去，雄大一定會很開心的。」坂本一聽，便拿起床邊的繩子。那是管教用的繩子，上頭綁了好幾個結，光是拿起它，妻子便不再說話。坂本心想，家教果然很重要。

妻子及小孩都到學校去了，桌上已準備了早餐。坂本心想，他們知道要是把我吵醒，我一定會生氣。沒錯，眞是太聰明了。但絕對不能承認妻子聰明。等她回來，或許還是應該責罵她「爲什麼沒叫醒我？」

坂本岳夫今年三十一歲，妻子也一樣。在這個年代，男人也應該分攤家事的平等觀念早已根深柢固，但是坂本認爲這樣的觀念相當愚蠢。遭到禁止體罰的教師會被學生瞧不起，溫柔的男人會被女人利用。坂本從小就從父親身上學會了弱肉強食才能維持秩序的道理。

坂本坐了下來，拿起餐桌上的社區傳閱板。裡頭夾著社區清潔日程表及老人健檢預定表，但坂本注意到的是一張以「關於數天前的爆炸聲及可疑人物」爲標題的通知函。上頭說附近一家結束營業的超市發生了小規模爆炸。坂本完全不知道這件事，但前幾天上班途中經過時，的確看到店內亂得令人咋舌。坂本原本以爲多半是不良少年半夜聚集在裡頭，如今才知道那是爆炸的緣故。除此之外，上頭還寫著有居民目擊附近出現一名全裸的男人。

大概是個心理變態吧。

此時坂本的腦海裡偶然浮現一個畫面，那是前幾天在家裡看的某部電影的場景。那天兒子雄大怯懦地提出「想看這片DVD」的要求，坂本原本想也不想就拒絕了；但兒子難得相當堅持，而坂本自己也愛看電影，於是就答應了。

那是一部科幻電影。開頭的時候，一個男人蹲在小規模爆炸的現場。這個男人來自未來，全身一絲不掛，肌肉相當結實。

坂本想到這裡，門鈴突然響起，似乎是來了訪客。坂本往對講機的畫面一瞧，門外站著一個滿頭白髮、戴了副眼鏡、大約五十五歲左右的中年人。

「請問坂本岳夫先生在嗎？」那中年人鞠躬問。

坂本心想一定是推銷員，因此不予理會，直接掛斷對講機。門鈴又響了一次，坂本只當作沒聽見。

沒想到一小時後，坂本還是遇上了這個人。

坂本吃完早餐，穿上休閒服，走到庭院想要洗車。沒想到那男人還站在門口，笑嘻嘻地迎上前來。

坂本哼了一聲，將頭轉向一邊，毫不掩飾心中的不悅。「我想跟你談談。」中年人說。

「請你快走，別在這裡礙事。」坂本揮著手說道。

沒想到中年人竟然以開朗的語氣說了一句，「好懷念啊。」

坂本一時不明就裡，走向中年人問，「你說好懷念？我們認識嗎？」

「若說認識，倒也沒錯。我懷念的是你這種應對的口氣。啊，這輛車也好懷念，竟然還沒有撞壞。」

「撞壞？你在說什麼啊？」坂本心中不悅，態度也變得更加不客氣。

「不久後會被一個初學者從後頭撞上，你要有心理準備。」

「老頭，你再胡言亂語，我要叫警察了。」

「今年是西元多少年？」中年人問，坂本歪著頭沒回答。「如果我沒記錯，這場車禍將發生在明年。當時你開車要去大賣場，停在路上等紅燈，後頭一輛輕型車撞了上來。人是沒受傷，不過車子只能送修了。」

「你到底是誰？」

「你或許不會相信，我希望你能冷靜地聽我說。」

「我一直很冷靜。」

「我是二十年後的你。我就是你，你就是我，讓我們交個朋友吧。」

坂本聽得一頭霧水，皺起眉頭。忽然間，坂本想起這陣子有個男人在附近打探自己的事。坂本原以爲是區公所的人在向街坊鄰居打聽自己打老婆小孩的事，但如今看來，顯然是這老頭幹的好事。

中年人突然從口袋中掏出一個螢光色的錢包，抽出一張卡片，遞給坂本。

那似乎是一張駕照，卻又與一般駕照不太一樣。乍看很像駕照，但有著細微的差異。大小差了一些，顏色也與自己的駕照略有不同。坂本心中詫異，再仔細一瞧，上頭竟然印著

「坂本岳夫」這個名字。坂本大吃一驚，立即奪下駕照，拿到眼前仔細端詳。上頭的照片是眼前的中年老頭，名字卻是自己的名字，出生年月日也和自己一樣。地址則跟現在的住家地址略有不同。再仔細一看，有效期限後頭寫著從沒聽過的年號。

坂本心裡發毛，卻還是故作鎮定地冷笑一聲，「這是什麼？玩具駕照嗎？」沒想到幾乎同一時刻，中年人也說出同一句話，彷彿早已預期坂本會這麼說。

「我說過了，我是二十年後的你。」中年人說。

坂本驚疑不定，心想和這種可疑的傢伙還是保持距離爲妙，於是轉身想要離開。

「我們最好談談，這可關係到你的未來。換句話說，也跟我有關。」中年人喊道。

「你到底在說什麼啊？什麼未來不未來的？」坂本不屑地說。此時，坂本猛然想起前幾天看到的報紙頭版新聞。科學家發現了某種新粒子，讓跨越時空變得不再是遙不可及的夢想。文章裡的零碎片段在腦海裡宛如泡沫般浮現後炸裂。

這不可能吧？

「我想請你看一樣東西，只是看看而已，對你並沒有損失。我不會賣你什麼東西，也不會勸你加入什麼宗教。我只是想給你一些忠告，也就是給我自己一些忠告。你不用花一毛錢，只要聽聽就好。如果不聽，你將來可是會後悔，就像我現在正爲二十年前的事後悔一樣。」

男人說著，掏出一疊照片。那些照片的尺寸也與一般常見尺寸略有不同，比明信片大了一些。照片裡站著兩個男人，其中一人赤裸著上半身。坂本一時還以爲是猥褻的照片，但仔細一瞧，背對著鏡頭那個赤身裸體的男人看起來不到三十歲，竟然正在毆打另一個男人。另一人蜷曲著身體，看得不是很清楚，但顯然遭受了攻擊，而那人正是如今站在眼前的中年老頭。這二十幾張照片似乎是連續拍攝了他遭受拳打腳踢的過程，一張一張看下來，簡直像播放動作片。

「這是什麼？」

「這是我被毆打的照片。這個打我的人，你應該很熟吧？」中年人一臉僵硬地指著照片裡的年輕人背影。

坂本凝視著照片裡的年輕人，心中大感狐疑。他從沒見過這個年輕人，但胸中彷彿有團黑霧，裡頭伸出一根長長的勾子，進入腦袋裡，從記憶中勾出了一串聯想。「這是雄大？」年輕人的右肩上有著一圓大小的黑痣，看起來相當眼熟，而且背上那一些斜斜的瘀青，也和自己以繩索在兒子身上打出的傷痕很像。不過，體格及年齡當然完全不同。

「這是二十年後的雄大。」中年人推著眼鏡說。不知道是不是錯覺，那眼鏡的鏡框材質似乎也很特殊。

「什麼意思？」

「爲了留下證據，我故意在房間裡安裝相機，拍下了這些照片。不過不是爲了交給警察或區公所的人，而是爲了給我自己看。二十年前的我，也就是你。」

「這太愚蠢了。」坂本苦笑著說，然而冷靜一想，卻又可以想出不少蛛絲馬跡。例如，因爆炸變得凌亂的超市、讓人似懂非懂的科學新聞，以及眼前這個中年人拿出的照片。這個人眞的是二十年後的我嗎？我將來會變成這樣一個糟老頭？坂本感到腦袋一片空白，一股不安湧上心頭，彷彿腳底下開了一個大洞。

「我經常毆打兒子及老婆，你一定很清楚這件事，因爲你就是我。」中年人皺起眉頭，歪著嘴角這麼說。宛如自白自己的罪行，又像是炫耀當年的英勇事蹟，「我常以繩索毆打他們。像這樣的管教當然是必要的，但是過了二十年，情況可就不同了。兒子雄大會長大，這是理所當然的事情，我卻完全沒有想到。雄大不會永遠是個小孩，他的身體會變壯，力氣會變大。到那時候，就換成他對我拳打腳踢了。你看看這些照片吧，這樣的事情每天都發生。他甚至打斷過我的骨頭，還拿火燙我。老實告訴你，我已經受不了了。」

「受不了？」

「我不想活了。」男人一臉悲傷地說。坂本心中隱隱作痛，彷彿可以體會中年人心中的苦楚。

「過得這麼痛苦？」

「沒錯，所以我才來對你提出忠告。現在還來得及，別再毆打家人了。如果你做不到，你最起碼要減少施暴的次數。倘若這麼繼續下去，二十年後你一定會變成現在的我。遭兒子家暴的日子可是宛如活在地獄一般地痛苦。」中年人說著，挽起外套袖子，露出左手腕上的傷痕，「我已自殺過好幾次，每次都被雄大救活。在他還沒徹底報仇之前，他不會讓我死得這麼輕鬆。」

坂本愣愣地看著中年人。沒想到雄大未來竟然會變得這麼如此可怕。一想到那個孱弱的小學生將變成暴力的怪物，坂本不禁感到毛骨悚然。

「啊，對了。你……不，應該說是我。」中年人搔著太陽穴，顯得有些難以啓齒，「你現在一定在想，既然這樣，不如趁現在毀了雄大，對吧？我就是你，所以我很清楚你在想什麼。你打算先下手爲強，殺了雄大。」

「怎麼可能。」坂本立即否認。殺人與施暴完全是兩回事。可是被眼前的這個中年人一說，卻又不禁懷疑自己眞的抱著這樣的念頭。

「我告訴你，你如果這麼做，後果將比地獄還要可怕。若你殺了兒子，二十年後的你，就是這副模樣。」中年人遞來另一張照片。這張照片比剛剛那些照片骯髒得多，四邊都已輕微磨損。上頭拍的是一處從沒見過的河岸邊，裡頭有一個衣衫襤褸的男人。

「這是什麼？」

「這是我二十年前拿到的照片。」

「誰給你的？」

「我。」中年人露出牙齒笑了。「就跟你一樣，我在三十多歲時，也遇上了二十年後的我。那就是照片裡這個穿著破爛又瘦得像皮包骨的男人。」

「這也是我？」

「沒錯，這是你，也是我。我毆打兒子過了頭，害死了他。那個我說這只是一場意外，但我半信半疑。你也曉得我們的暴力行爲，不，應該說是管教，隨時有可能發生意外。可是以結果來看，卻跟謀殺沒有兩樣。就這樣，我因爲殺人罪遭到逮捕，丟了工作，也失去了家庭，終於淪落到照片裡這個地步。所以那個我搭乘時光機來告訴自己，好好珍惜兒子的性命。」

「後來呢？」

「就跟現在的你一樣，我也是半信半疑。竟然有人能夠回到過去，這實在難以置信。然而他的忠告一直留在我的腦海裡，因此我對兒子動手時有了節制，沒有害死他。多虧我手下留情，才沒有變成這照片裡的樣子。」中年人接著拿起剛剛那疊照片，「但我變成了這個樣子。每天遭受孩子凌虐，過得苦不堪言。換句話說，只要我繼續對家人施暴，我的未來就不會有好日子過。」

坂本眨眨眼，內心想要大喊，「少騙人了。」但又有些動搖。正猶豫著不知道該說些什麼時，眼前的中年人拿起照片中的一張，遞了過來。根據中年人的說明，裡頭這個背上帶傷的年輕人正是雄大，正在毆打未來的自己。「留著這張照片，提醒自己別再這麼做了。別忘了，這是爲了我，也是爲了未來的你。不能害死孩子，又不能手下留情，那麼你只剩下改掉暴力行爲這個選擇。」

坂本聽中年人這麼說，一時不知該如何是好，只能愣愣地看著照片。

岡田坐在家庭餐廳裡，一等權藤坐下，立刻說，「權藤，你幹得很好。我聽了你那些

話，也差點相信你是未來的人呢。」岡田撫摸著手邊的收訊機。

權藤取下外套領口上的迷你麥克風，放在桌上，坐下說，「好久沒有這麼開心了。只是這樣眞的有用嗎？那個人眞的會戒掉動粗的壞習慣嗎？」

「我不知道。」岡田坦率地聳聳肩，「我也不敢抱太大的期待。不過這麼匪夷所思的事情，一定會在心裡留下印象，或許多少能發揮克制的效果吧。畢竟沒有人知道未來將如何演變，而人生是不能從頭來過的。不管是誰，應該都想讓未來變得更幸福才對。」

「但依照那些電影的劇情，回到過去的人絕不能和過去的自己碰在一起，不是嗎？還有，不管使用任何方法，也沒有辦法改變未來。」

「若是眞正的時間旅行，或許眞是如此，但我們這是假的。」岡田以吸管攪拌杯中的冰塊，這麼說。

「未來能夠被改變？」

「未來既然還沒發生，哪有什麼改不改的？我唯一可以確定的是……」

「是什麼？」

「溝口哥說過，那種自我中心的人，腦袋裡永遠只有自己。他瞧不起別人，當然也不會聽從別人的忠告。唯一能給他忠告的人，只有他自己。」

岡田接著向權藤道謝：

「謝謝你陪我玩這場惡作劇。上次的車禍，我會在溝口哥面前幫你說好話，讓你只賠修理費就好。」

「我車上載著女人的事情，可得對我妻子保密。」

「我知道。話說回來，你也不是省油的燈，竟然能把上那種年輕辣妹。」

「我的零用錢不多，但偶爾也會上酒店玩玩，那女的其實是酒店小姐。不過跟你一起幹的這件事，比起載辣妹兜風可是有趣多了。」

「權藤，你眞是個怪人。」岡田哈哈大笑。

「我已經分不清你是好人還是壞人了。」

「總不能在我身上貼張寫著草莓口味或是檸檬口味的標籤吧。」岡田苦笑著喝了一口飲料。黑色液體在細細長長的半透明吸管裡迅速攀升。

「對了，權藤。」

「怎麼？」

「你剛剛說兒子拿火燙你，這會不會有些太誇張了？」

第三章　臨檢

後車廂打開，我探頭往裡面瞧。這是一條雙向單線道的狹窄道路，車子面對西北方，停靠在大型路燈旁。才剛入夜沒多久，路上車子卻寥寥可數。除了這條路之外，旁邊有一條平行的大馬路，絕大多數的車子應該都選了那一條。

站在一旁的溝口也搔著鼻子，望著後車廂裡的紙箱。那紙箱裡有個大袋子，他剛剛拉開拉鍊一看，裡頭竟然塞滿一疊疊萬圓鈔票。每一疊是一百萬圓，不知共有多少疊。光是看那袋子脹鼓鼓的模樣，不難想像金額一定大得嚇人。

「剛剛臨檢的條子不可能沒看到吧？他怎麼一句話也沒問？」溝口撫摸著下巴，歪著腦袋問。

「會不會是他認爲就算車上有個裝滿錢的袋子，也不是什麼奇怪的事情？」我嘴上這麼說，心裡卻想，要是這樣還不奇怪，世上恐怕就沒有値得懷疑的事情了。就連那個得知我懷孕後，對我說「我們只是玩玩，把孩子拿掉吧」的傢伙，恐怕也能稱爲正人君子。

「這筆錢的來歷絕對有問題。」太田也搖晃著那個宛如巨大皮球的身體說。

「難道是那條子沒看清楚？」溝口的目光炯炯有神，似乎正在警戒著周遭的動靜。

「開了後車廂卻沒看到這個紙箱，天底下哪有這種事情？」我這麼說，感覺身體似乎有些傾斜。低頭一看，才發現有一隻高跟鞋的鞋跟不知何時斷了。

「要不然，就是那條子看見了紙箱，卻嫌麻煩，沒有打開袋子。」太田顯然已經覺得麻煩，不肯繼續認真想，「路上的臨檢都只是做做樣子而已，不會仔細檢查的。溝口哥，一定是這樣沒錯。」

「車上有個可疑的紙箱，紙箱裡有個可疑的袋子，袋子裡有一堆可疑的錢。要是這樣還放過，還算什麼臨檢？那只能算是拿人民的血汗錢在路上製造塞車。」溝口不悅地說。

就在這時，我感覺天空落下一滴冰冷的液體。我舉起手掌，想確認是不是下雨了，卻再也沒有液體滴下來。就在我懷疑自己搞錯的時候，終於又滴下了一滴。轉眼間，雨勢迅速增強。

「我們先回車上吧。」

我不等兩人答話，快步走向汽車後座。

我一邊走，一邊回想三十分鐘前，剛坐上這輛車時的狀況。

前面的駕駛座及副駕駛座上各坐著一個男人。這是一輛相當老舊的車子。時間已過晚上六點，街上昏昏暗暗。他們突然將我押入後座，我沒看清楚車子顏色，不過應該是深藍或黑色吧。霧面車窗的外頭，大樓燈飾及路燈緩緩向後流逝。自己的氣息噴在膠帶上後反彈的聲音，聽起來特別刺耳。我靠在後座的右側窗邊，望著左前方副駕駛座上的男人。

那人有著一張圓餅臉，身體肥胖得讓我懷疑他的安全帶是怎麼繫上去的。燙了一頭捲髮，穿著不太合適的西裝。他的雙手從剛剛就抓著不知道什麼東西，正忙得不亦樂乎，嘛著嘴的側臉就像個沉迷玩具的三歲小孩。

「太田，你到底在幹什麼？從剛剛就一直發出吱吱喳喳的聲音。」開車的男人說。從我的角度看不見他的臉，但依剛剛在人行道上看見的印象，他是個目露凶光的不良中年老頭。

車子停下來等紅燈。煞車煞得很急，整個車體往前傾。

「噢，這是Rockpile（註）的進口CD。我曾經租來聽過，最近剛好看到店裡在賣。」坐在副駕駛座上的太田在講話時依然看著手邊，語氣像反駁母親的三歲小孩。

「什麼時候買的？」

太田沒有回答這個問題，繼續摳著CD盒，「上頭包的那層塑膠膜，怎麼樣都撕不下來。這問題我已煩惱很久了，眞不曉得有什麼技巧。」

「應該有個好撕的地方吧？」

「就是沒有，溝口哥。即使有，也常常撕到一半就斷掉，眞不曉得是怎麼包裝的。溝口哥，你有沒有擔心過買了CD，卻一輩子也打不開該怎麼辦？」

「沒有。」

「那我再問你一個問題，在超市買東西時，不是會給塑膠袋嗎？」

我暗想爲了環保，不是應該自備購物袋嗎？

「爲了環保，不是應該自備購物袋嗎？」溝口剛好說出我心中的想法。

「那個塑膠袋常常黏得很緊，怎麼樣也打不開。或許是因為靜電的關係吧。有時搓了老半天，還是白費功夫。」

「你在說什麼啊？」

「你是否擔心過，會不會一直到老，還站在超市裡搓著塑膠袋？」

「從來沒有。」溝口回答，「我告訴你，做任何事都得按部就班，絕對不能心急，這叫欲速則不達。好比超市的塑膠袋，你必須先平心靜氣地在上頭吹一口氣……」溝口解釋到一半，突然感嘆，「我為何得跟這種傢伙一起工作？好希望岡田能夠回來啊。」他說這句話的語氣根本是店長懷念起離職的工讀生。

「啊，岡田哥會回來嗎？」太田偶然抬頭問道。

「你問我，我問誰？」

「溝口哥，因為你的關係，岡田哥才會被幹掉。你這麼說實在太不負責任了。」

「少囉唆，你怎麼肯定他被幹掉了？」

「任何人惹惱了毒島哥，只有死路一條。」

兩人說到這裡，車子繼續前進。不過開沒多久，引擎發出尖銳的聲響，突然熄了火。溝口急忙轉動鑰匙，車身才重新開始振動，忽快忽慢地往前進。

「沒想到這年頭還有手排車，開起來真不習慣。」溝口不屑地說。

註：Rockpile是一九七〇年代後半至一九八〇年代活躍於英國的流行搖滾樂團。

「是啊，眞不符合數位時代的潮流。」

「那意思有點不太一樣。」

「咦？塞車？」開車的溝口自言自語。

「對了，溝口哥，我以前一直以爲兩列縱隊的縱隊（註）是塞車的意思。」坐在副駕駛座的太田如此嘀咕的同時，還在摳著CD盒，突然嘖了一聲，「還是拆不開。」

車速愈來愈慢，我望向窗外，發現車子已沿著國道往北前進了相當遠的距離。我扭動身體，轉向擋風玻璃的方向，發現前方相當熱鬧。整個街道已逐漸籠罩在夜色之中，卻到處可看見紅色照明燈。前方的車子全亮起煞車燈。此外，還有不少不斷旋轉的紅色警示燈以及來回揮舞的誘導燈，看來有警察。

「眞討厭，竟然有臨檢。」溝口大聲說。坐在副駕駛座的太田也終於抬起頭，「臨檢？這下可麻煩了。」

這兩人的反應實在太過悠哉，讓我差點笑了出來，但我馬上開始思索該怎麼做。

在這個節骨眼上，剛好遇上臨檢，要怎麼做才對自己最有利？

「溝口哥，這臨檢會不會是在找我們？」太田以還沒打開的CD盒指了指前方。

「那怎麼可能，我們可是什麼都還沒做。」

「可是……」太田轉動他那宛如氣球般的身體望著我，「我們不是綁架了這女人嗎？」

「別傻了，車上坐了個女人就會被逮捕？這臨檢一定是爲了別的案子，只能說我們運氣太差。」溝口嘆了口氣接著說，「喂，趁現在把她的膠帶撕掉。要是被條子看見她身上綑著膠帶可不太妙。」

「啊，是。」太田急忙轉動身體，卻被安全帶緊緊纏住，簡直像一顆受到擠壓的皮球。他費了九牛二虎之力才解開安全帶，朝我伸出手。

「動作輕點，別引人注意。」

「是。」太田說完，首先撕掉我嘴上的膠帶。雖然感到一陣疼痛，但呼吸困難的感覺終於消失，讓我鬆了口氣。「把手伸出來。」太田不客氣地說。於是我轉過身，將綑綁在背後的雙手朝他舉起。太田接著扯掉我手腕上的膠帶。雙手一獲得自由，我所做的第一件事是抓已經癢很久的鼻子，接著我撫摸胸口，確認外套內側口袋裡的信封沒有異狀。當初被押上車時，我很擔心信封扭曲，裡頭的東西會刺在我身上，幸好沒事。

「聽著，妳可別動歪腦筋。我知道妳的姓名跟住址，就算妳逃走了，我也會把妳找出來。」溝口凶巴巴地說。

「沒錯！」太田在一旁幫腔，卻像個滑稽的小丑。

註：日文的「縱隊」與「塞車」的發音相同。

車子走走停停。警察正一一盤查前方的車輛，但不知道是在臨檢處的數公尺前，還是數十公尺前，開車的溝口突然打開車窗，外頭站了一個穿著制服的警察。

「前面正在進行臨檢，耽誤各位的時間，眞是非常抱歉，請務必配合。」

我看不見警察的臉，但可以想像他的表情一定不像他所說的話這麼客氣。

「配合是沒問題，但能不能告訴我到底發生了什麼事？」溝口粗魯地說。

警察沒有回答，轉身離開。

「怎麼不理人！太囂張了！」坐在副駕駛座的太田大吼大叫。

「閉嘴！」溝口急忙制止太田，關上車窗。

「那個……收音機……」我太久沒說話，說得有點結結巴巴，「聽收音機或許能知道些什麼。」

我不知不覺望向後照鏡，剛好與溝口四目相交。我感覺他的眼神同時說著「誰准妳說話的？」及「眞是好主意。」

「喂，太田，開收音機！」

「是。」太田應了一聲，手指卻在半空中搖來搖去，顯然是不會操作。「要按哪個鍵？」太田慌張地問。

「隨便按吧。」溝口不耐煩地說，「話說回來，收音機會報臨檢的消息嗎？」

「這麼大規模的臨檢，一定是發生了大案子吧？」

「妳可別小看東京，這裡每天都在發生大案子。」

「溝口哥，這種事沒什麼好驕傲的吧！」

我一聽，差點笑了出來。

「喂，妳知道自己爲何會被我們綁架嗎？」

「咦？」我突然被這麼一問，有些嚇了一跳。

「有人僱用我們帶走妳，還說就算手段強硬一點也沒關係。」

「誰？」

「不能說。」溝口說完又苦笑說，「老實告訴妳，我們也不知道。」

「我們只是拿錢辦事，與委託人不會直接聯繫，根本不知道對方的身分。要不然我問妳做什麼？像妳這樣的年輕女人，怎麼會有人想綁架妳？」

「想得到的理由太多了。」我今年三十歲了，很感謝他稱我爲年輕女人。

「任何事情都有原因。因爲這樣，所以變成那樣，妳被我們綁架也不例外。會不會是某個被妳甩了的男人惱羞成怒，想要把妳抓來監禁？」溝口自問自答。

「或許吧。」我隨口附和。

「妳想得到有誰會做這種事嗎？」

「或許我是有錢人家的千金小姐，對方想要勒索。」

「妳是千金小姐？」

「不是，只是打個比方。」

「妳在耍我嗎？」溝口嘴上這麼說，臉上卻帶著笑意。

「我唯一想得到有可能做這種事的人……」我說出剛被押上車時閃過心中的念頭，「就是跟我搞婚外情的對象。」

「這也是打個比方？」

「不，有點事實根據。」我以半開玩笑的口氣說，「我沒結婚，但對方是已婚人士。」

「那就是他了。」溝口隨便下了斷言，「妳一定提出了什麼麻煩要求吧？不是『若不維持關係，我就向你太太告密。』就是『若不給我錢，我就如何如何。』人一旦說出『若不』這兩個字，多半是走上絕路了。人生雖長，用到這句話的時機可不多。」

我努力回想自己到底跟那個婚外情對象說了什麼。我並沒有使用「若不」這個字眼，我只是反駁對方，「我知道只是玩玩，但你這種說法太無情了。」或許我的口氣太凶惡，讓他感到害怕了，所以他才委託這些人把我綁架。

「妳一定是說了什麼話，讓那個男人心生厭煩，想要好好教訓妳一頓。」

「好好教訓一頓？」

「既然委託我們綁人，接下來要做的事多半也不會太斯文。老實跟妳說，我們接到的命令只是將妳帶到一座靠近海邊的倉庫後頭。我們只要在那裡打電話回報，任務或許就結束了。」

「或許？」

「或許對方會指示下一個任務。」我望向後照鏡，溝口正瞇著眼睛，但似乎不是嘲笑我，而是對我寄予同情。

「例如好好教訓我一頓？」

「直到妳把所有需要反省的事情都反省完。我也無法預測事情會變成怎麼樣，不過對方很有可能是妳那個婚外情對象。沒錯，一定是那傢伙。」

「溝口哥，你說得沒錯。」

「太田，你閉嘴。」

溝口及太田這兩個名字，不知道是不是本名。他們互相指名道姓，而且毫不隱瞞行動內容，這讓我有些納悶。他們到底是太過單純，還是認爲就算讓我知道秘密，也有辦法讓我不說出去？

車內收音機不知何時已經打開。或許是音量沒有控制好的關係，突然響起一聲「似乎還沒有抓到。」讓開車的溝口嚇得顫抖了一下，他趕緊轉動音量鈕，降低音量。

「啊，原來收音機已經開了。」太田若無其事地說。

不知長相的電台播報員說，「田中議員依然昏迷不醒，警方在東京都內進著大規模臨檢。」

「就是這個吧？」我指著車內收音機說。播報員的口氣並不嚴肅，聽起來不像新聞節目，多半是某個進行到一半的談話性節目吧。

「他說議員怎麼了？」溝口愕然問道。

我們繼續聽下去，終於明白這起案件的全貌。

數小時前，田中眾議員於都內某飯店參加一場餐會，結束後搭上電梯回到一樓時，竟遭人在背後刺了一刀。當時雖有一名秘書隨行在側，但那個秘書的注意力被另一名形跡可疑的路人吸引。事件發生後，那名可疑人物也立刻消失無蹤，極有可能是凶手的同伴，警方正在追查兩人的行蹤。

「難怪會有臨檢。」溝口重重嘆了口氣，「要是被當成凶手，可就要倒大楣了。太田，你可別亂說話，安分地通過臨檢才是上策。」

「臨檢不是會檢查行李嗎？」我不經意說出了心中的疑問。太田立刻轉身問溝口，「車上有什麼不能被看見的東西嗎？」

「要是遭到懷疑，可能還會被搜身。你們口袋裡要是有什麼見不得光的東西，趕緊塞進椅子底下爲妙。話說回來，要是被搜身，差不多已經算出局了。」

聽溝口這麼一說，我才想起口袋裡的那個東西。

電台播報員繼續以事不關己的口氣說，「遇上這種緊急事態，連交警及放假中的警察也得全員出動，眞是辛苦。」

「溝口哥，早知道會遇上這種鳥事，就選擇另一個了，對吧？若是處理得好，或許根本不必開車。」太田說。

「另一個？」

「不是還有另一個案子嗎？當交易見證人之類的……」

從這兩人的對話聽來，他們簡直就像是犯罪人力公司的萬事通。這年頭講究企業分化及業務外包，原來連幹壞事的業界也不例外。

「那案子我們接不了。剛開始，我也以為只要看著別人交易一定很輕鬆，後來才知道沒那麼單純。你知道他們交易的是什麼嗎？那可是一堆外國人來日本販賣一些來路不明的藥品。你不會講外語，他們可不會雇用你。」

「原來如此，條件真嚴苛。這年頭會講外語果然吃香。」太田語氣呆滯還帶了三分憧憬。

「現在這時代，光是考過英語檢定已經不夠了。」溝口說。

光是從他口中聽到英語檢定這個字眼，已經讓我夠驚訝了。

「而且，聽說警方已經盯上那場交易了。要是交易到一半衝出一大堆條子，連我們也得遭殃，所以選擇這邊才是正確的決定。」溝口說。

車子停了下來，似乎已抵達車陣的最前頭。我抬頭一瞧，數公尺前方打橫停著好幾輛警車，就像一道圍牆。

溝口打開車窗。

一名戴著眼鏡的警察來到車旁，「請讓我看看駕照。」

「沒問題，臨檢辛苦了。」溝口故作鎮定，語氣氣勢十足，接著從口袋掏出證照夾。

從我所坐的位置看不見溝口及站在車旁的警察的臉，只能聽見聲音。

「你是溝岡先生？」警察問。

「是。」

駕照上的名字似乎是溝岡不是溝口。我不禁思索，到底溝岡是假名，還是溝口是假名？

「這是你的車？」警察又問。

「你在說什麼廢話！」坐在副駕駛座的太田一副隨時要扯斷安全帶撲上去逞凶的態度。

「你閉嘴。」溝口惡狠狠地罵了太田一聲，對警察輕描淡寫地說，「警察先生，其實我這車是偷來的。」

我嚇得瞠目結舌，那警察多半也是倒抽了一口涼氣。

「我們想開車兜風，但是缺一輛車子，剛好看見這車孤伶伶地停在路旁，車門沒上鎖，鑰匙還夾在遮陽板裡。我們看機不可失，就把車子開走了，請問這樣有沒有犯法？」

我幾乎不敢相信自己的耳朵，不過這或許是溝口以退爲進的策略。在遭到懷疑前說出更加可疑的話的風險雖然很大，但說不定警察會將這一切全當成玩笑。仔細想想，溝口雖然能應對得宜，太田卻是一副明顯不願合作的態度，實在不像善良百姓。與其裝乖乖牌，不如故意擺出吊兒郎當的態度，反而比較自然。

警察沉思半晌，似乎不知道該不該全盤接受溝口的話。好一會兒之後才說，「請告訴我這輛車的車牌號碼。」

「沒錯，你問這個就對了。車牌是品川的——」溝口哼笑一聲，想也不想地說出一串數字。

警察走到車頭前，彎下了腰，似乎在確認車牌號碼。接著他又走了回來，「號碼沒錯。」

「那還用說。」溝口再次笑了起來。

我不禁懷疑，這輛車到底是不是偷來的？

警察又陷入沉默。坐在副駕駛座的太田勉強扭動肥胖的身體，微微轉向我的方向，瞪了我一眼。他的眼神正說著「別開口」、「別搞鬼」及「別想逃」。我乖乖坐著不動，一時無法判斷該怎麼做才對自己最有利。

「請打開後車廂。」警察說。

「咦？」溝口顯得有些狼狽。

「後車廂裡放了什麼？」

「太久沒開，我也記不得了，搞不好塞了具屍體。」

看來溝口是個局勢愈危險愈愛胡言亂語的人。

「你自己看吧。」溝口彎下身子，伸手拉了開啓後車廂的拉把。後車廂蓋浮起，警察快步走向車後。

「溝口哥，後車廂裡有什麼？」太田壓低了聲音，音量依然比一般人大得多。

「我又沒打開看過。你問我，我問誰？」

「你剛剛竟然說得出車牌號碼，眞是厲害。」

溝口被這麼一吹捧，不禁有些得意，嗓門也跟著拉高不少，「這沒什麼，你也得好好學學。爲了預防這種事情，偷車時一定要記下車牌。」

「沒問題，眞讓我上了一課。」

兩人依然持續著毫無緊張感可言的對話。我一邊聽著，一邊將額頭貼在車窗上，望向車外。旁邊那輛車子也有兩名警察在臨檢。駕駛座在左邊，似乎是進口車，開車的人正和警察說話。過了一會兒，那輛車便開走了，警察並沒有檢查後車廂。如此看來，檢查後車廂並非例行步驟。

「啊，我一個人就行了。」這句清澈的說話聲讓我抬起頭。剛開始的時候，我不知道說話的人是誰，轉頭往四周車窗望了一眼，耳中再度聽見同一人的說話聲，「不用了，馬上結束。」仔細一看，原來是站在後車廂旁的警察正在跟同事說話。

「請問這輛車……」我湊向駕駛座，想要問清楚這輛車到底是不是偷來的，沒想到就在這時，警察走近窗口，朝溝口說，「沒有異狀。」

「那還用說。」溝口大剌剌說完，轉動車鑰匙，發動引擎。

車子前進不到一百公尺時，太田忽然察覺我的雙手依然是自由狀態，便問，「溝口哥，須不須要再把她綁起來？」

「你說呢？還不快綁！」

「也對。」太田回應後，抱頭哀嚎一聲。我正納悶，卻聽他哭喪著臉說，「慘了，沒有膠帶。」

「沒有膠帶？不是一大綑嗎？」

「都丟了。」

「丟到哪裡了？」

「當初我們將她押上車時，溝口哥不是抓著她的手，由我撕膠帶綑綁嗎？綁完手後，我把她的嘴也封了，你叫我將她推進後座，我嫌手上的膠帶礙事，就放在車頂上了。」

「你把膠帶放在車頂上？」

「是啊，然後我把她推進車裡。」

「接著你應該拿起車頂上的膠帶，對吧？」

「是啊，但我沒這麼做，直接上車，關上車門。」

「這麼說來，膠帶還在車頂上？」

「車子一開，膠帶就滾下去了。」

溝口氣息粗重，像是深呼吸，又像是頻頻嘆氣。或許對現在的他來說，光是要保持冷靜就不是件簡單的事。我不禁想，全天下擁有愚笨下屬的上司或許都像他這樣有苦說不出。

「好吧，我明白了。」半晌之後，溝口開口。他故意擠出開朗又堅強的語氣，似乎是認為與其繼續責備徒弟的失敗，不如把那些精力花在亡羊補牢上。「我們停車，把她塞進後車廂裡，這樣就不用膠帶了。」溝口說。

原來如此，塞進後車廂就不用膠帶了。不僅太田喜出望外，連我也不禁有些佩服。

「總之我先停車。」溝口說著轉動方向盤，降低車速。一停好車，溝口立刻打開後車廂。太田也趕緊將我從車內拉出來。那時我感到一陣劇痛，似乎撞上了車身某處，或許鞋跟就是那時折斷的。

「妳給我進後車廂去。」太田扯著我的手腕走向車後。

低頭俯視後車廂的溝口睜大眼睛，愣愣地站著不動，嘴裡呢喃，「喂，這錢是怎麼回事？」

太田仔細一瞧，看見了那堆積如山的鈔票，也驚訝得鬆開我的手。

時間回到現在，本故事開頭的場景就是這麼來的。

「這是怎麼回事？為什麼臨檢的條子沒看到這些錢？」

我回到後座，撫摸著折斷的鞋跟，回想臨檢時的狀況說：

「警察打開後車廂卻沒看到那個紙箱及裡頭的袋子，這實在不太可能吧？」

「那當然。妳剛剛也說了，開了後車廂卻沒看到這個紙箱，天底下不可能有這種事情。」隔著駕駛座的椅背傳來溝口的聲音。

「如此說來，那個警察肯定看到後車廂那些鈔票，不是嗎？」

「既然看到鈔票，爲什麼還放行？」

「會不會只是暫時不逮捕我們，想要放長線釣大魚？」

「放長線釣大魚？妳的意思是說，條子正在跟蹤我們？」溝口急忙左顧右盼。

「要不然就是他們只想查出刺傷國會議員的凶手，不想在這節骨眼上橫生枝節。」我隨口說出心中想法。

「他們怎麼敢肯定這一大筆錢跟國會議員遇襲事件無關？」

「會不會是條子決定放我們一馬？」太田說。

「你是傻瓜嗎？不管跟主要案子有沒有關係，只要是可疑人物就必須詳加盤查，這是條子的職責。」

太田遭溝口斥罵，怯懦地應了一聲「對不起」。

「要不然就是……」我說出了自認可能性最高的假設，「那個警察想要獨吞這筆錢。」

「獨吞？妳的意思是說，他看到這一大筆錢，突然鬼迷心竅了？」

「但錢在我們車裡，他要怎麼獨吞？」太田問。

「你問我，我問誰？」溝口回答。

「總之我們先假設那個警察看見這筆錢，心中動了貪念。」我說，「他身爲警察，不能當場從袋子裡取出這些錢，更不能告訴其他警察『那車裡有一大筆可疑金錢』。因爲這麼一來，這些錢都會成爲證物。」

「如此一來，他就無法獨吞了。」太田頻頻點頭。

「所以他故意放行，打算等結束後再來追趕……之類的。」

「之類的？」溝口重複了我的最後一句話。

「先別慌。」溝口看太田一臉性急，似乎馬上想要奔出車外確認後頭有無跟蹤車輛，趕緊伸手制止。「這可能性不高。」

「可能性不高？」

「你們想想，那條子認定這些錢是我們的，他要如何從我們手中奪走？假如是在臨檢現場，要扣押這些錢當然是輕而易舉；但想事後追上來搶奪，可就得費一番功夫了。」

太田誇張地猛點頭，「這麼說也對，何況他不知道這車子是偷來的。」

我心想，這車子果然是偷來的。

「那不叫偷。這車停在那裡，鑰匙又夾在遮陽板裡，遲早會被別人偷走。我只是一片好心，把車子開到安全的地方。」

「沒錯，就是這樣。就像撿到錢包，正在找派出所。」太田每次點頭，車身就會劇烈搖晃。

天色已一片昏暗。從剛剛到現在，馬路上只經過兩輛車，幾乎聽不見任何聲音。在車內與這神秘雙人組共處一室，感覺有如做夢一般。

「等等……他搞不好知道。」溝口的聲音震動著車內的空氣。

「他是誰？知道什麼？」我聽得一頭霧水，忍不住開口詢問，口氣就像和朋友交談。

「那個條子或許早就知道這車子是贓車，或是知道後車廂裡有一大筆錢。」

「那個警察？」

「沒錯，早在我們接受臨檢之前，他就知道這是贓車，也知道車上有錢。」

「爲什麼？」

「我哪會知道爲什麼……啊，等等，搞不好這筆錢就是他弄來的。」溝口的雙眸閃耀著神采，不住大呼，「一定是這樣！」

如此天馬行空的推論，讓我聽得張口結舌，一句話也說不出來。坐在副駕駛座的太田此時突然尖聲大喊，「我明白了！」

「你明白什麼了？」

「我們沒有接的另一個案子！溝口哥，就是你剛剛說過，必須會說外語那個！」

「交易見證人！」太田的興奮情緒似乎傳染到給了溝口。

「沒錯！沒錯！那個條子搞不好搶走了交易的現金！」

「太田，你有時還挺靈光的。」

「這有可能嗎？」我心中半信半疑，只是姑且聽之，沒有當眞。

「當然有可能。他搶了錢後，藏在這輛車上。」溝口說得口沫橫飛，彷彿隨時會掄起拳頭大喊，「眞相就在這駕駛座上。」

「這麼說來，這是那警察的車子？」

「或許他只是看這車子一直停在同一個地方，才利用它當作藏錢的工具。總而言之，他搶了那個塞滿錢的袋子後，藏在這車子裡。」

「將贓款藏在車內不嫌太危險了嗎？」

「或許他沒有其他選擇。而且突然發生國會議員遇襲案件，所有條子都被臨時召回，他根本沒有時間將錢找個地方藏好。」

「所以他打算等臨檢結束後，再悠哉地回來取錢？」我不想破壞前座這兩人的興致，只好順著他們的話鋒發問。

「正確答案。」溝口簡直成了機智問答的出題者。

「這太匪夷所思了。我想那個警察應該只是看漏了而已。」我明知道這討論只是在大兜圈子，還是忍不住反駁。

「眞是無巧不成書。」溝命拚命壓抑著粗重的呼吸。

「什麼無巧不成書？」

「那條子正在進行臨檢，竟看見自己藏錢的車子迎面開來，一定是看傻了，不知該如何是好吧。」

「沒錯，他一定嚇呆了。」

我見這兩人如此起勁地討論著荒誕不經的推論，不禁大感無奈。不過倘若這是眞的，臨檢中的警察看見熟悉的車子緩緩開來，開車的人還大剌剌聲稱這是自己的車，那種驚惶失措的模樣肯定相當滑稽。我想到這裡，忍不住笑了出來。

「這麼說來，他是眼睜睜看著自己藏錢的車子被人開走？」

「不然能怎麼辦？他總不能鬧起脾氣，大喊『這是我藏錢的車子』吧？他頂多只能暗中祈禱我們趕緊下車，將車子扔在路旁。」

「但他看了你的駕照，上頭有住址，你不怕他找上門來嗎？」我指出問題點。

「對了，還有這一招。」溝口看起來春風滿面，彷彿什麼都不在乎了，「可惜我這張駕照是假貨，就算去了上頭的地址，也只會找到一個不認識的美國人。」

「不過，我之前在電視上看過，現在好像有一種機器可以查出位置。」太田說。

「你指的是GPS？」我問。

「對，就是那個，搞不好那條子在袋子裡放了那玩意兒。」

「最近聽說只要事先登錄，就算是一般手機或PHS也能夠查出大致位置。」溝口說。

「搞不好那警察在臨檢時偷偷將GPS儀器或手機塞進了袋子裡……」

我只是開個玩笑，溝口及太田卻同時尖聲大喊，「有可能！」跳出車子。

溝口打開後車廂，伸進紙箱內的大袋子，從深處摸出了一支智慧型手機。我一看，登時啞口無言。雨勢愈來愈強，我無傘可撐，只好任由衣服溼透。

「難道……」我擠出最後一絲力氣，指著那支手機說。

「妳猜得沒錯，那條子在臨檢時偷偷塞了這玩意。事後只要一搜尋，就能知道這車子的大致位置。」溝口以宛如觸摸髒東西一般的動作捏住手機一角，「要不然，就是他事先把手機藏在這裡了。爲了避免袋子不翼而飛，當初一搶到錢，藏進這後車廂時，就順便在袋子裡塞了一支手機。」

「這麼說來，那條子馬上會找到我們？」太田錯愕地望著昏暗的馬路。

「是啊。」溝口抓抓鼻子，不經意地朝車身一瞥，又移開了視線。接著他突然臉色大變，轉頭愣愣地瞪著車牌，「哎喲，搞錯了……」

「搞錯了？」

「我在臨檢時說的車牌號碼是錯的。原來我記錯號碼，把最後兩個數字弄反了，自己卻沒發現。」溝口說完，重複唸了好幾遍車牌號碼。

我早就不記得他在臨檢時說出的車牌號碼，當然無法分辨正確或錯誤。

「溝口哥說的車牌號碼是錯的，那條子卻放我們通行？」太田說。

「看來是不用懷疑了，那條子從一開始就不打算阻擋我們。」

「喔……？」我愣愣地應了一聲，半晌後才說，「不，就算那個警察會追上來，也是臨檢結束後的事。他不會來得太快，對吧？」

「是啊。」

「既然如此，何不趁現在動手？」我鼓起勇氣提議。

「動什麼手？」

「把這筆錢分了，大家各自逃走。只拿走袋子裡的錢，就不用怕暗藏什麼GPS了。」

溝口與太田沉默了好一會兒，眼中迸出精光，張口大喊，「好主意！」

如此單純的反應，讓我產生錯覺，彷彿自己正面對著兩個不知人心險惡的天眞少年。這種新鮮與滑稽的感受讓我不禁心中爲之一震。這兩個早已被雨淋成落湯雞、頭髮全貼在頭上的男人，看起來就像兩個充滿稚氣的小孩。

才不過一眨眼的功夫，他們已不知從何處弄來數個便利商店的購物袋，開始將鈔票往裡頭塞。鈔票太多，購物袋太小，一看就知道無法全部裝完，但他們卻似乎一點也不在意。或許他們的腦袋裡從未出現過「應該要全部拿走」這種念頭。眞不知該說他們清心寡慾，還是不拘小節。

「拿去吧。」當我從思緒中回過神來，竟看見溝口將一袋錢朝我遞來，原來連我也有份。雨滴不斷打在塑膠袋上，發出聲響。我朝袋裡一看，裡頭至少有五疊鈔票，每疊應該都是一百萬圓。我低聲說了「謝謝。」接下袋子。溼淋淋的劉海黏在臉上的感覺相當不舒服。

「我們要逃了，妳就用這筆錢去買雙鞋子吧。」溝口與太田一副若無其事的態度，說完轉身離開。

「咦？」那兩人都走了，只留下我魂不守舍地站在原地。口中發出的詫異聲往下墜落，沉入腳邊的水窪裡。

過了好一會兒，我心中才浮現「原來我得救了」的想法。肩膀逐漸放鬆。直到這時，我才有餘裕察覺原來雨滴竟是如此冰冷。我再度吁了口氣，抬頭正要邁開腳步時，卻看見溝口的臉就在我的眼前。我嚇得尖叫一聲，整個人向後彈跳。

「我想想不對，綁架妳可是我們的任務，不能就這麼放了妳。」溝口揚起一邊眉毛，「差點就這麼打道回府了。抱歉，妳多包涵。」

「這種事就算沒想起來，又有什麼關係。」我說。雨勢變得更加猛烈，溼透的衣服貼在皮膚上，感覺相當彆扭。

「抱歉，這事關信用問題。既然接了工作，就得完成。好了，跟我走吧。」

「沒這必要了。」我反射性地回嘴。到了這種節骨眼，我也顧不得形象。想要活命，就得堅持自己的主張。

「沒這必要？妳這話是什麼意思？」

「那個恨我的人已經不在了。」

溝口皺起眉頭。他聽我沒來由地迸出這句話，一定起了戒心。

「已經不在了？」

「委託者已經消失了。或者應該說，至少意識已經消失了。」

「意識消失？難不成妳知道委託者的身分？」

「你剛剛不是說，一定是婚外情對象嗎？」

我回想起那個跟我搞外遇的男人。雖然我早就決定與他分手，對自己的行為也早有覺悟，但一想到他已經不在了，胸口還是隱隱作痛。此時我心裡早已認定他不會恢復意識。

我與溝口還在交談，太田卻站在遠處悠哉地搖晃手中的袋子，嘴裡唸著，「溝口哥，我們怎麼還不走？」

「不過，或許他是透過別人委託你們這件工作。」

「難不成妳的婚外情對象是個大有來頭的人物？」

「就算再怎麼大有來頭，我想他周圍的人現在大概沒空理會這些瑣事了。」

溝口目不轉睛地瞪著我，眼神犀利得彷彿要割開我的皮膚。這個人雖然說話不正經，畢竟是個遊走於黑道的危險男人。我一想到他可以輕易讓我從世上消失，便感到全身寒毛直豎，意識逐漸模糊。

「好吧，算了。既然是這麼回事，那我走了。」溝口露齒一笑，轉身邁開大步。不斷落下的傾盆大雨宛如一片布簾，掩蓋了他們的身影。

我孤單地拎著塑膠袋，朝著遠離馬路的方向前進。邊走邊嘆了口氣。穿著一身溼的衣服，擔心著那兩人是否會再回來，一步步往前走。走了一會兒，我脫下高跟鞋，想要找個店家買雙涼鞋來穿。但我一看腳下，又覺得或許還是該穿上高跟鞋比較好。光著雙腳到店裡買涼鞋，一定會遭來懷疑。

我取出手機，按下通話鍵。

打電話的同時，我輕撫外套內側口袋，確認裡頭的信封還在。我不曾打開信封來看過，但裡頭應該是放著一把刀子。當初在地下鐵的車廂內，從身穿西裝的陌生男人手中接下信封時，從外側摸起來的感覺就是一把刀子，一把用來當作凶器的刀子。那個身穿西裝的男人，或許也是從其他人手中接了這個信封。

「妳在哪裡？」對方立刻接起電話，似乎有些焦慮，「妳沒跟我聯絡，讓我有些擔心。」

爲了說明自己的位置，我望向身邊的公車站牌，說出了上頭的站名。我接著解釋，「剛剛我差點被兩個不認識的男人押走，現在平安脫身了。信封在我身上，我會照計畫處理。」

我甚至不知道主導這個計畫的人是誰。我只知道參與計畫的人都基於不同理由，對那個姓田中的男人抱持恨意。他是國會議員，遭人怨恨只是家常便飯，何況或許還有其他人也像我一樣，被要求「拿掉孩子」而懷恨在心。在這個殺害田中的計畫裡，我負責的任務是處理凶器。負責動手的人從現場逃走後，將刀子放進信封，交給某人，那人再交給另一人，最後輾轉傳到我的手上。按照計畫，我會將它連家裡垃圾一起丟掉。這把凶器就像是接力賽跑的棒子，一個傳一個，最後從世上消失。

就像溝口在車上說的，做任何事都得按部就班，絕對不能心急，這叫欲速則不達。一群人分工合作，好好處理每個環節，最後完成計畫。

話說回來，我眞沒想到田中會派人綁架我。原來在他眼裡，我是個燙手山芋。眞是個喪盡天良的混蛋，不，我也好不到哪裡去。

塑膠袋裡的鈔票早已溼透。我穿著吸飽雨水的絲襪，走在人行道上。這種身上不斷滲出雨水的感覺相當噁心，讓我不由得停下腳步。但習慣之後，我有自信能夠就這樣走到天涯海角。

第四章 小兵

「岡田眞是個問題兒童。」班上的女同學在午餐時間這麼說。

我轉頭一看，岡田正坐在不遠處，與他那一組的同學併桌吃飯。但他沒說半句話，只是不斷動著手中的湯匙。女同學的聲音相當大，難道他沒聽見？

「我媽媽說，問題兒童的意思就是情緒不安定。」那個女同學接著這麼說。我聽不懂「情緒」是什麼意思，不但「不安定」還不算太難。

不安定，大概就是搖搖晃晃，隨時會發生危險的樣子吧。

升上四年級後，重新編班的關係，我第一次跟岡田成了同班同學。如今過了三個月，我幾乎沒和他說過話。岡田長得瘦瘦高高，理了一頭短髮，或許是很少說話的關係，看起來成熟穩重。我不知道他是不是隨時會發生危險，我只知道他似乎沒有什麼要好的朋友。

不過岡田的確經常做出讓人吃驚的事情。

例如五月時，他突然以簽字筆在班上所有女同學的書包上畫了小小的塗鴉。當時大家在上體育課，他突然說肚子痛想上廁所，級任導師弓子老師答應了。但他去了之後，卻一直沒有回來。原來他回到班上在女同學的書包上塗鴉，剛好被巡視中的校長撞見。

校長沒什麼頭髮，卻有著濃密的眉毛。平常個性溫和，但一生起氣來，可怕得簡直像會噴火，大家都很怕他。

「校長氣得滿臉通紅，岡田一直低著頭，弓子老師在旁邊不斷安撫。」某個同學到教師休息室偷窺後向大家回報。

那天放學後，岡田的媽媽也來到了學校。這次負責回報的是放學後留在學校練習管樂的同學。「岡田的媽媽身材好高，長得又美，我嚇了一跳。她氣得在岡田臉上甩了一巴掌，還說『我可沒教出這樣的小孩』。又讓我嚇了一跳。好可怕，眞是嚇死我了。」那同學描述當時的情境。

據說當時弓子老師同樣在一旁拚命安撫岡田的媽媽。

岡田的媽媽是美女、岡田的媽媽很可怕、弓子老師夾在岡田和他媽媽之間很辛苦，我將這些訊息輸入腦中。

幾個月後，岡田又被罵了。

這次他的惡作劇比在書包上塗鴉更過分。那天早上我上學時，發覺校門似乎有些不太一樣。仔細一瞧，原來是校門旁的牆壁被塗上藍漆。

那片水泥牆原本沒有顏色，卻被人以藍色油漆畫了一塊長方形，看起來相當醒目。

「那是岡田幹的。」我一進教室，便聽見同學這麼交頭接耳。「不曉得是一大早幹的，還是昨天晚上幹的？」

這一天學校原本安排了登山活動。若按照原定計畫，學生將會在早上五點多時，操場上集合，搭巴士前往附近的登山景點。不過聽說因爲巴士公司安排行程時出錯，當天沒有可以開車的司機，因此在兩天前決定延期。

有同學說，岡田是因爲登山突然延期而心懷不滿，但他看來實在不像是個重視學校活動的人，這讓我有些驚訝。

岡田又被叫進教師休息室。我不禁想像校長再次噴火、美女媽媽再次甩巴掌、弓子老師再次拚命安撫的景象。

最後某個女同學終於說出了「岡田眞是個問題兒童」這種話。

老實說，我不太明白「問題兒童」是什麼意思。

不過我想既然有「問題兒童」，應該也有「答案兒童」吧。岡田負責發問，那個「答案兒童」就負責回答。

幾天後，長期出差中的爸爸打電話回家，我告訴他關於「問題兒童」的想法。爸爸非常高興地稱讚我，「既然有『問題兒童』，就有『答案兒童』。嗯，眞是犀利的見解。」

獲得爸爸稱讚，是我最開心的事，這帶給我相當大的自信。他在大企業上班，經常得到國外出差，待在家中的時間不多。但他賺了很多錢回家，在公司的職位似乎相當高。他是我最好的榜樣，而且最近他還將他暗中執行的驚人任務告訴了我，令我更加尊敬他了。

他稱讚我「見解犀利」讓我洋洋得意，我接著又告訴爸爸，班上的岡田正是一個被稱爲問題兒童的人物。除此之外，我還舉了書包塗鴉事件當例子。

爸爸立即低聲說，「爸爸知道答案了。」

我嚇了一跳，連忙問他，「什麼答案？」

「你記不記得從前在繪本上讀過？盜賊查出主角的家，故意在門上打個×號，準備帶一大堆人來找麻煩。」

我立刻想起那是阿里巴巴與四十大盜的故事，「後來有人發現了，就在其他房子的門上也畫上×號？」

盜賊搞不清真正的目標是哪一棟房子，只好無功而返。我當初讀到這故事時，心裡大感佩服。

「岡田的用意或許也是如此。」爸爸說。

「咦？」

「或許有個壞蛋想要欺負你班上的女同學，故意在書包上做了記號，或是原本書包上就有明顯的記號。」

「例如有人想綁架她？」我問。

「爸爸不想舉這麼可怕的例子，不過你說對了。」爸爸說，「或許岡田察覺了那個女同學書包上的記號。」

「所以他在所有女同學的書包上都畫了相同記號！」我興奮大喊。這和阿里巴巴的故事一模一樣，我實在很佩服爸爸的推理能力。

「看來岡田是個專門提出奇妙問題的問題兒童。」

「但爸爸找出了答案。」

我接著還想要說前幾天岡田在牆上塗油漆的事件。我相信憑爸爸的能力，一定會馬上說出正確的答案。

可惜出門買菜的媽媽這時回來了，我只好趕緊掛斷電話。

爸爸如今正在歐洲出差，可能是因爲國際電話昂貴的關係，媽媽每次只要聽到「爸爸打電話回家。」就會露出煩惱的表情。我猜想，媽媽應該很不喜歡爸爸長期出差吧。

不，如果媽媽知道爸爸的眞正工作，一定會和我一起爲爸爸加油打氣的。

爸爸其實不在大企業上班。不，或許他眞的在大企業上班，但除了上班族的身分之外，事實上他還是個專門保護、搶奪或傳遞情報的間諜。這個秘密，只有我知道而已。

我會知道這個秘密，是因爲一個神秘女人。那天放學回家，我和朋友道別後，一個人走在路上，突然有個穿著黑衣、身材很高的女人叫住我，對我微笑。老師經常提醒我們不能理會陌生人的搭訕，但實際上遇到，很難裝作沒看見。我沒有辦法，只好應了一聲。

「我認識你爸爸。」她說出這句莫名其妙的話，露出別有深意的笑容，轉頭離開了。

那天晚上，我告訴爸爸這件事，他的臉色變得很嚴肅。後來，他趁和我一同外出時，對我說，「爸爸其實在做一件不能說的工作，這是機密任務，有可能爲家人帶來危險。我爲了保護你和媽媽，一直瞞著沒說，但現在敵人好像已經察覺了。」

我頓時又驚又怕。那些敵人爲了妨礙爸爸的工作，有可能傷害我或媽媽。

爸爸看我嚇得臉色發白，立刻溫柔地向我保證，「別擔心，爸爸也有同伴，他們會保護你。」

我聽到這句話，心裡鬆了口氣，不但多少還是有些不安。我擔心爸爸只是在安慰我，事實上根本沒有人能保護我。

後來我才明白，我根本不需要擔這個心。

幾天之後，我在放學回家的路上遇到了好幾個身穿西裝的陌生人。有的說「我們受你父親的委託，前來保護你。」有的說「事情快解決了，不用擔心。」又過了幾天，爸爸陪我上百貨公司，回家的路上，爸爸偷偷跟我說，「已經沒事了，以後不會再造成你跟媽媽的困擾。」

我除了感到安心外，卻也有些落寞。活在刺激與緊張感之中的日子，已經結束了。

就這樣，我知道了爸爸的特殊身分。

這是我最自豪的秘密。

回想起來，爸爸的確雙手靈巧，而且擁有豐富的知識。

每年暑假的自由研究，他總是熱心地幫忙我，他對實驗也很感興趣。

有一次，我們以小鏡子反射太陽光，想要測試光柱能射得多遠。

「這可以當成武器。只要將太陽光反射到敵人的眼睛上，敵人就看不見了。」

我這麼告訴爸爸，沒想到他卻露出苦惱的表情。仔細想想，或許爸爸真的在危急時使用過類似的招數，不想被我揭穿吧。

從我上幼稚園起，每次爸爸叫我幫什麼忙，我總是會像軍人一樣對他敬禮。爸爸很喜歡我這麼做。

「遵命！我一定會完成任務的！」我總是會對他行軍禮，同時這樣回應他。爸爸則是會喊我的名字，接著對我說，「祝你好運。」

或許爸爸早已習慣與軍隊相處吧。當然，這只是我的想像。

有一次，我在電話裡問爸爸，「你會使用武器嗎？」爸爸笑著回答，「會，有時是眞正的武器，有時是身邊的道具。」

「例如吊衣服用的衣架？」我從前曾在電影裡看過類似的劇情。

「聽起來不錯。總之，身邊任何東西都能當作武器。」

「原來如此。」我一聽，不禁由衷佩服爸爸，他果然不是省油的燈。

爸爸經常到國外出差，沒辦法陪在我身邊。我雖然寂寞，但想到爸爸正在執行他的任務，我就告訴自己必須忍耐。

講完電話，我正要掛上話筒，他突然又說了一句，「對了，我問你一件事。」

那時媽媽已經回來，我聽見她將雨傘放回傘架的聲音。我心裡有些焦急，低聲問他，「什麼事？」

「你學校裡有沒有一個叫弓子的女學生？」

「咦？」

「弓子同學。」

「爸爸，你忘了嗎？弓子是我們班的級任導師。」
「啊，原來如此。」爸爸吃了一驚，接著不知在思考著什麼。
我不明白爸爸為何突然問起這件事，但更讓我在意的是媽媽的腳步聲。
「為什麼問這個？總之，我先掛了。」我說。
「你要多注意這個弓子老師。」爸爸說。
「咦？」我再次感到一頭霧水。
「最近是不是有人在牆壁上塗油漆？」
「你指的是岡田幹的那件事？」我吃了一驚。
「那是岡田幹的？」
就在這時，媽媽走進了客廳，我只好趕緊掛斷電話。

不過，我的學校生活並沒有因為這件事而陷入一團混亂。我每天忙著寫作業、遊玩及看電視，老實說沒有多餘的精力思考爸爸說的那幾句話。當然，我並沒有忘記爸爸在電話裡提到了岡田，以及那句「你要多注意這個弓子老師。」

剛開始，我以為弓子老師是個危險人物，我甚至懷疑她是敵對組織派來的壞蛋。然而幾天之後，我開始懷疑爸爸的意思是「弓子老師將遭遇危險。」

大約一星期之後，岡田再度成爲班上的注目焦點。

開班會的時候，有個同學舉手說，「岡田偷走了一顆躲避球。」

這個同學長得人高馬大，腦筋又好，在班上相當有分量。別說對同學，就算對方是老師，他說起話來也是毫不畏縮。或許這是因爲他媽媽是有名的學者，經常上電視的關係吧。就連媽媽也常無奈地告訴我，「若要吵架，天底下恐怕沒有人能吵贏那個同學的媽媽。」

「咦?躲避球少了一顆嗎?眞的是岡田偷走了?」弓子老師吃驚地環顧全班同學。

全班沒有人應話。岡田看著窗外，一副事不關己的態度。

「我最後一次看見那顆球，是在岡田的手上。他一直把球往牆上扔。」眾人眼中的秀才同學噘起嘴說。

「光是這樣，不能一口咬定是他偷的。」弓子老師說。她今年二十八歲，比我們的媽媽還年輕，但大部分的時候都表現得相當穩重，是很値得信賴的老師。生起氣來相當可怕，但沒生氣時相當溫柔，對待同學總是以說服代替責罵。「岡田，你有沒有什麼話想對班上同學說?」她問。

全班的目光都集中在岡田身上。他還是一樣板著撲克臉，懶散地拉開椅子，站起來說，「我把球放回籃子裡了。」

「岡田玩的那顆是綠色的，原本綠色的有三顆，現在只剩下兩顆了。」秀才反駁。

「好了、好了。」弓子老師微笑著搖動手掌，那個動作彷彿是要按平巨大的波浪，「岡田說了，他並沒有偷。」

「他說謊。」

「可是……」老師以宛如跟朋友說話的語氣說，「岡田有什麼理由說謊？他為什麼要偷走躲避球？」

「因為他想要躲避球吧。」

「躲避球是在學校裡玩的遊戲，把球帶回家也沒有用。我想，那顆球可能只是剛好不知道跑到哪裡去了。」

「剛好不知道跑到哪裡去了？」秀才顯然無法接受這個說法。

「是啊，搞不好過幾天又自己跑出來了。」

「可是，老師，岡田經常做奇怪的事。不是在牆壁上塗油漆，就是在女同學的書包上塗鴉。就算他偷走一顆球，也不是什麼奇怪的事。」

「這太牽強了。」弓子老師雙手扠腰，歪著頭說，「跟這種說法比較起來，我倒是認為那顆球很會彈，就算剛好彈到很高的地方下不來，也不是什麼奇怪的事。」她故意模仿秀才的語氣。

「還有，除非握有明確的證據，否則不應該隨便懷疑別人。」弓子老師轉頭望向岡田，一派輕鬆地說，「岡田，你心裡如果有什麼話想要反駁，也應該說出來。像這種時候，你一定要想辦法辯解，洗刷自己的冤屈。」

岡田歪著腦袋想了一會兒，搖了搖頭，一臉「不用了」的表情。

我聽著弓子老師與同學的交談，回想爸爸在電話中說過的話，心想弓子老師絕對不會是

「危險人物」。爸爸叫我「多注意」弓子老師，應該是她將遭遇危險。

「老師，妳別再偏袒岡田了。」秀才說。

「我有什麼理由偏袒岡田？」弓子老師這句話還沒說完，秀才已經搶著回答，「一定是因爲岡田的媽媽太可怕，妳擔心被她罵得狗血淋頭。」

其他同學只能愣愣地聽著秀才與弓子老師的你來我往，一句話也插不上嘴。

弓子老師遲疑了一會兒，臉上帶著類似苦笑又類似不知道該不該說的表情，最後終於按捺不住，坦率地說，「岡田的媽媽是很可怕，但你媽媽也不好對付。」

我不經意望向坐在窗邊的岡田，發現他雖然看著窗外，卻正以手摀住了嘴，似乎正在強忍笑意。原來岡田也會笑，這讓我有些驚訝。

隔天，我在路上遇見了岡田。那時我剛從朋友家離開，正騎著腳踏車，看見岡田也騎著腳踏車迎面而來。我「啊」了一聲，吃驚地按下煞車。岡田似乎也不好意思裝沒看見，同樣停了下來。我們胡亂打了聲招呼後，我對他說，「我現在正要回家。」爲什麼要說這句話，我自己也搞不清楚。

「我剛剛去補習班，現在也要回家。」岡田說。他的腳踏車籃子裡放著黑色書包。

「你在上補習班？」我感到有些意外。仔細想想，我連岡田的成績好不好都不清楚。

「媽媽叫我去的。」岡田低聲說，「她說只要會念書，人生就能過得輕鬆。」

「眞好……我也想過輕鬆的人生。」我忍不住這麼說。

「不過我想並不是光念書就好，只要念書就能過悠哉生活的想法實在太天眞了。」岡田冷冷地說。

「岡田，我常常不知道你在想什麼。」

岡田似乎吃了一驚，好一會兒沒再說話。我在心裡責罵自己說錯話，卻見他皺著眉頭，

「其實我也不知道哪個才是我眞正的想法。」

「那是什麼意思？聽起來眞古怪。」我回想起女同學那句「情緒不安定」。

「舉例來說，當我看見有人需要幫助時，我心裡會同時產生『想要幫他』及『反正不關我的事』的兩種心情。」

「什麼意思？」

「而且我還會想，反正世界上需要幫助的人那麼多，我沒辦法全部都幫，不如別白費力氣。何況『幫助他人』根本是種自以爲是的想法。」

「岡田，你想太多了。」

「我將這些想法告訴媽媽，結果她很生氣，罵我完全不懂感同身受的重要。她還說，我要說這種大話還早了十年。」

「岡田，聽說你媽媽很漂亮。」

「人又不是神，沒辦法知道別人的感受，要怎麼感同身受？你不這麼認爲嗎？」

我第一次看到如此多話的岡田，有些招架不住，卻也有些開心。

「所以我剛剛在錄影帶出租店租了這一片。」岡田從籃子裡取出一個藍色袋子。

車站附近有一間很小的錄影帶出租店，我也跟著爸爸或媽媽去過幾次。店員是個年輕的大哥哥。

「租錄影帶要有父母陪伴，你是怎麼辦到的？」我問。

「那個店員才不管這些。就算是小孩子，只要付錢就是大爺。多半是因爲附近新開了一間大型的錄影帶出租店，生意做不下去了吧。」

「啊，有可能。」

「我問店員，有沒有哪一部電影裡頭有人感到難過或痛苦。」

根據岡田的描述，當時的狀況是這樣的。

他爲了體會「感同身受」的感覺，上錄影帶出租店尋找包含虐待鏡頭的電影。

那店員先是吃了一驚，接著板著臉咕噥了一句「眞是人小鬼大。」但他想了一會兒，似乎想到了什麼好點子，朝岡田點頭微笑，「有一片正適合你看。」

「這就是他推薦我看的電影，聽說是法國片。」岡田從袋子裡取出錄影帶。上頭的片名是《小兵》（註）。

「裡頭有虐待的鏡頭？」

「那店員說，這裡頭的虐待鏡頭像地獄一樣可怕。」岡田看似別具深意地點了點頭。

「我也想看。」雖然我知道提出這樣的要求一定會讓岡田感到困擾，但爸爸每天執行著危險的機密任務，我身爲兒子，總不能完全不懂這些事情。基於一股使命感，我一定要看看這部電影的內容。

我原本以爲岡田一定會氣呼呼地回答，「別開玩笑了，我們又不是朋友。」但他沒有說出這種話，只是雙手盤胸，歪著腦袋煩惱了一下說，「今天太晚了。」

「明天我去你家看，好不好？」強烈的好奇心讓我厚著臉皮提出了上岡田家的要求。

「我得問問我媽媽。」岡田說。

後來我們道別，各自跨上腳踏車準備往相反的方向前進。就在我剛要踩下踏板的一瞬間，我想起爸爸在電話裡說過的那句話。於是我叫住岡田，「弓子老師是不是很危險？」

「你怎麼會知道這件事？」岡田的口氣相當粗暴，讓我嚇了一跳。

不知怎麼搞的，我竟然跟著岡田回到學校。他叫我跟他走，我乖乖地照做。他騎到校門口，我以爲他有東西忘在學校，但他卻在路口停了下來。等綠燈一亮，又騎著腳踏車來到學校對面的超市。那間超市原本是文具店，老闆是個老爺爺，後來老爺爺去世，店面也被拆除。我們原本期待重新開張的店是書店或文具店，沒想到卻是一間超市，這個結果讓我們開

註：《小兵》（*Le Petit Soldat*）是尚盧・高達（Jean-Luc Godard）於一九六〇年製作的電影，因遭到禁演，直到一九六三年才上映。

心不起來，不過也沒有太沮喪。

那是一棟五層樓的建築物，一樓是超市，二樓以上是住家。我有點羨慕住在裡頭的人，因爲他們買東西相當方便。

屋頂上飄著一顆宣傳新店開幕的大氣球。岡田將腳踏車停進了店旁的機踏車停車格裡。

「你要買什麼？」我問。

「不，是剛剛那件事。」

「剛剛那件事？」

「弓子老師很危險。其實我正打算來這裡一趟。」岡田放下腳踏車的腳架，扣上鎖頭。

「她眞的很危險？」我心想，爸爸的情報果然是正確的。

岡田快步走進超市內。我跟在他身旁，心裡有些納悶，不明白弓子老師的危險跟這間超市有什麼關係。

店內共有好幾條通道，分成了蔬菜、魚類、肉類等區域。到處都是拿著菜籃子的女人，但我們沒有引起別人注意。岡田左右張望著不斷往店內深處走去。

迎面走來一個正在搬貨的店員，岡田笑著喊了聲，「午安。」與他擦肩而過，走進倉庫內。裡頭非常昏暗而且充滿灰塵，停著搬運商品用的貨車。我問岡田，「跑到這種地方來，不會有事嗎？」他沒有回話，不知是我的聲音太小，還是他裝沒聽見。最後他走到屋外，乒乒乓乓地踏上逃生梯。

「我們到底要去哪裡？」我問。

「上頭有個可疑的傢伙。」頭頂上同時傳來腳步聲及岡田的說話聲。

「上頭？屋頂嗎？可疑的傢伙？」

「那傢伙在監視弓子老師。」

爬五層樓的樓梯實在是件累人的事，我才爬到一半，就已經上氣不接下氣。我只好咬牙拚命爬上好幾階，然後停下來喘口氣，再拚命爬上好幾階，接著停下來喘口氣。重複這個動作的過程中，岡田一直走在我前面。

我正好奇這樓梯到底通到哪裡，已來到了屋頂上。雖然有扇門，但沒有上鎖，只要拉開扣環就可以進入。

一上屋頂，我登時神清氣爽。周圍沒有更高的建築物，天空看起來遼闊無邊。對於這個陌生的環境，我心中湧起莫名的感動。我興奮地左顧右盼，想要找出自己家的方向，就在這時，我聽見岡田喊了一聲「你看。」

岡田站在面對學校方向的護欄邊，眼前可見學校內的操場。我偶然瞥見校門旁的牆壁，

「對了，你爲什麼要在牆上塗油漆？」

岡田輕輕揚起眉毛，轉頭朝我望來。他的身高跟體型都跟我差不多，不知爲什麼，我卻感覺他的身體比我大得多。我嚇得縮起身子，以爲他會衝過來毆打我；但他沒有這麼做，只

是說，「如果可以，我也不想做那種事。」

「那天原本要登山，後來延期了。你在牆上塗油漆，是不是因爲這個緣故？」

「登山？」岡田愣了一下。他的神情看起來不像裝傻，而是眞的聽不懂我在說什麼。光從他這個反應，我就可以肯定他的行爲跟登山延期沒有關係。

他在牆上塗油漆，並不是因爲對登山延期感到不滿。

既然如此，他爲什麼要做這種事？

這跟弓子老師又有什麼關係？

我歪著頭反覆思索。就在這時，「岡田是問題兒童」這句話浮現在我的腦袋裡。既然有問題兒童，就有答案兒童。接著我又想起爸爸在電話裡舉的阿里巴巴的例子。岡田在牆上塗油漆的行爲，或許就跟那個例子一樣，是爲了掩蓋塗鴉而塗鴉。

「你是爲了掩蓋塗鴉而塗鴉？」我說出了心中的猜測。

或許是從這一刻開始，岡田才終於對我刮目相看。他睜大雙眼，露出「你怎麼知道？」的表情。

「這是很簡單的推理。」其實我還摸不著頭緒，卻故意裝出什麼都知道的樣子。

「那裡原本寫著弓子老師的壞話。」岡田皺著眉頭說。

「壞話？」

岡田接著向我解釋，他每天早上都會慢跑。我問他爲什麼，他的回答是「沒爲什麼」。他不是田徑社社員，也不準備參加什麼馬拉松大賽。他說他就是想要鍛鍊身體，沒有什麼特別的理由。因爲這個緣故，他每天早上五點起床，出門慢跑及做伏地挺身之類的運動。經他這麼一說，我才察覺他的身體雖然不壯，但肌肉相當結實，看起來力氣不小。

「那天我慢跑經過校門口，看見牆上被人用噴漆之類的工具寫上了『弓子，我不原諒妳』及各種污穢言詞。」

「污穢言詞？」這樣的說法讓我感到有些新鮮。岡田似乎也覺得有些彆扭，多半是從父母口中或電視上新學來的字眼吧。

「我看不懂那些話是什麼意思，回家問媽媽，卻被罵了一頓，可見得那些話一定相當下流。」

「岡田，你媽媽生起氣來是不是很可怕？」

我只是隨口問問，並沒有特別的意思。沒想到岡田的反應相當大，他馬上板起臉。不過他接著又嘖了一聲，似乎在埋怨自己不該反應這麼大。我一顆心七上八下，彷彿可以感覺到岡田的怒氣撞在我身上。

「很可怕。」岡田說。

「比弓子老師還可怕？」

「弓子老師跟媽媽不一樣。比如說，有人忘記餵金魚，讓金魚餓死了，弓子老師會很生氣，對吧？」

「嗯。」

「這種時候，弓子老師只會生氣『爲什麼沒有餵金魚？』但不會輕蔑那個人。」

「什麼意思。」

「我也不知道該怎麼解釋，總之媽媽剛好相反。我每次失敗，她不是針對失敗的事情生氣，而是輕蔑我。」岡田的口氣有些粗暴。

對我而言，「輕蔑」是只有大人才會用的字眼。我從來不曾輕蔑別人或被別人輕蔑，以後可能也不會發生這樣的事情。

「你想表達的，是不是應該要『對事不對人』？」我說出了偶然閃過腦中的想法。

岡田一聽，興高采烈地說：

「沒錯，你說得眞好，我想說的應該就是這個。弓子老師就是這樣的人。」

仔細想想，弓子老師在責罵我們時，的確不會針對我們，而是針對我們所做的錯事。爲了不讓她再一次生氣或失望，我們心中會產生「下次一定要做好」的想法。

「弓子老師有時會對我說『認眞點』之類的話，我想那是因爲她相信憑我的能力，只要認眞做一定沒有問題。每次聽到她這麼說，我就會很開心，但我媽媽剛好相反，我感覺她根本不相信我。」

「應該不會吧？」

「或許是因爲這個緣故，媽媽很討厭弓子老師。」

「咦？眞的嗎？」

「除了媽媽之外，聽說還有其他家長不滿弓子老師的做法。」

「爲什麼？」我實在想像不出任何弓子老師遭人討厭的理由。雖然弓子老師生起氣來很可怕，但平常相當溫柔，而且不會把我們當成傻瓜一樣對待。

「上次家長會時，不知是誰的父母問了弓子老師關於成績的問題。那個人說，明明讓孩子上了補習班，成績卻還是不理想，這樣下去恐怕考不上中學。」

「有人在準備中學考試？」我問。「有，而且還不少。」岡田苦笑著回答。

岡田接著描述，當時弓子老師的回答是「若孩子不想念書，就不要勉強。在孩提時代，有很多事情比讀書更重要。」有一些母親認爲弓子老師這樣的想法太不切實際，她們開始擔心把孩子交給弓子老師管教會造成不好的影響。這些家長逐漸形成了一個「討厭弓子老師」的小團體。

「我看了牆壁上那些髒話，擔心這會讓弓子老師在學校待不下去。」岡田說。

弓子老師在一部分家長眼中的評價本來就不高，一旦發生這種事，弓子老師會更加站不住腳，最後可能會被迫離開學校。岡田擔心這種事成眞，因此塗掉了牆上那些髒話。

「我管不了那麼多，只希望沒有人看見那些髒話。我知道學校後門附近還有一些沒用完的油漆，就拿來塗了牆上那些字。」

「你不是塗掉那些字，只是在上頭又塗了一層藍色的油漆。話說回來，那些字到底是誰寫的？難道是討厭弓子老師的學生母親？」

岡田搖頭，「我想不是。那些話相當下流，我猜犯人是喜歡弓子老師的男人。」

「老師也會談戀愛？」我脫口說道。

岡田笑了起來，回答：

「老師回到家裡，也只是個普通人。會看電視，會吃麥當勞，會想著『明天眞不想上班』。」

話是這麼說沒錯，但我實在無法將這樣的形象和弓子老師聯想在一起。

「不過那個喜歡弓子老師的男人爲什麼要在牆上寫字？他有什麼想說的話，爲什麼不打電話或寫信？故意寫在牆上，難道是想創金氏世界紀錄？」我問。

「是不是想創金氏世界紀錄，我不知道；但我想那個男人可能有點不太正常，並不是一般人……你看這個。」岡田著走向前，拿起護欄邊的一樣東西。

那是一個雙筒望遠鏡，上頭有條繩子，另一端綁在護欄上。

「這是什麼？」

「我剛剛不是說過，這裡有個可疑傢伙嗎？他一直在這裡以望遠鏡偷看學校。」

「他在偷看弓子老師！」

「不僅是體育課，就連一般上課，我往窗外看時，也常常發現那傢伙在偷看弓子老師。」岡田捏著望遠鏡朝我遞來，那動作就像是在碰觸一種最討厭的食物。

我接過望遠鏡，拿到眼前一看，景色放大的程度超越我原本的預期。操場上一個人也沒有。如果弓子老師正在操場上，這副望遠鏡確實可以將她的臉看得一清二楚。我感覺心跳愈來愈快，或許是一種類似偷窺的罪惡感，讓我擔心自己現在的行爲會遭到責罵。

「喂，你們在這裡做什麼！」背後剛好傳來斥喝聲，我嚇得大聲尖叫，一屁股坐在地上。

背後站著一個身穿紅色運動服的陌生男人。從外表分辨不出年紀，雖然看起來有些蒼老，但搞不好還很年輕。他長得高高瘦瘦，眼神帶著凶氣，給人一種粗暴的印象，讓我想起了從前參加祭典時遇上的那個撈金魚攤位的大哥哥。

「喂，你們來屋頂上幹什麼？」他朝我及岡田走來。

「沒、沒什麼……」我嚇得手足無措，岡田卻相當冷靜，反而往前踏出一步，「你又來屋頂上幹什麼？該不會是想要偷窺學校吧？」

原來如此，就是這男人一直纏著弓子老師。被岡田這麼一說，我才想通了這一點。

「你為什麼要找弓子老師的麻煩！」我大喊。

「弓子老師是誰啊？我根本不認識。我只是管氣球的臨時工。」男人指著頭頂上說道。一條繩索綁住了一顆大氣球，上頭垂掛著長布條。地上有座專用的平台，上頭有具滑車，繩索的另一端就綁在滑車上。

「最近我常來這裡發呆。你們呢？在這裡幹什麼？該不會是偷東西被發現，逃到樓上來吧？」

「不是。」我突然覺得有些尷尬。如果這個人只是管氣球的臨時工，我們反而成了可疑人物。沒想到岡田的反應與我完全不同，他不慌不忙地拿起望遠鏡問，「老伯，這是你的東西？」

「別叫我老伯，我可比你們小兩歲。」

男人說得一臉嚴肅，我一時信以爲眞，吃驚地問，「眞的嗎？」

「當然是假的，我看起來像小學生嗎?現在要我回去念小學，我可不幹。」

「眞的嗎？」我重複了相同的問題。這讓我直覺聯想到，或許他念小學時曾被欺負，因此留下了不好的回憶吧。

男人似乎原本不想說這些，無奈地癟了嘴回答道，「我小時候常被老爸欺負，每天過得很痛苦。小孩子身體小，再怎麼樣也贏不了大人。我可不想再回去過那樣的日子。」他說到這裡，聳了聳肩，忽然雙手扠腰，走向護欄，「這望遠鏡不是我的東西。啊，原來如此，那傢伙是用這玩意在偷窺學校。」

「你見過那傢伙？」岡田大聲問道。

「你這小子，說起話來可眞是霸氣十足。」

霸氣十足這句話讓我聯想到相撲選手。相撲選手不斷以手掌將敵人推出去的攻擊方式，確實與令人不敢靠近的岡田有三分相似。

「剛開始的時候，我以爲他是大樓管理員。他常常突然出現在這裡，拿著望遠鏡東看西看，我以爲他是在監視周圍是否有危險狀況。我也懷疑過，他可能是在偷看某個人的家裡。但後來我趁他不在時，偷偷拿起望遠鏡來看，卻沒看到什麼有趣的東西，只好當他是在觀察野鳥。現在我才知道，原來他偷看的是學校。不過，學校到底有什麼好看的？」

男人雖然看似凶神惡煞，但嘮嘮叨叨說個不停的性格給人一種親近感。

「他在偷看弓子老師。」我說。

「沒錯，他想報復弓子老師。」岡田點頭說道。

「不過他會這麼做，代表弓子老師對他做了很過分的事。眞沒想到弓子老師是這樣的人。」我說。

「你們不懂。」男人嘆了口氣，「天底下就是有這種對心儀女人糾纏不清的男人，而且還不少。不管是打無聲電話或是跟蹤，都是他們的拿手好戲。」

「就像偵探一樣？」

「就像沒有接到工作時也在跟蹤別人的偵探。」男人不耐煩地解釋，「我認識的人裡面，也有一個這樣的傢伙，這種人遲早會惹出事情。」

「眞的嗎？」

「會擅自愛上別人的傢伙，也會擅自生氣或憎恨。」

「得趕快報警才行。」

「很可惜，警察得等發生了事情才能展開行動。光是可疑，誰也拿他沒轍。」

「這樣下去，弓子老師太危險了，得想個辦法才行。」但我什麼辦法也想不出來，只能原地繞圈子。

岡田跟我完全不同，他冷靜地思考自己能做些什麼。他指著望遠鏡說，「我會一直守在這裡。反正那傢伙遲早會出現，我會逮住他。」

「學校怎麼辦？」

「不去也無所謂。」岡田不耐煩地說。

男人笑著說：

「你們這兩個小子，要逞強也得看清楚現實，可不能只會做夢。我有一個愛說大話的朋友，跟我說什麼以後將會是帶著電話走路的時代，像這種就是不切實際的夢話。誰會閒著沒事把電話帶在身上，對吧？如果走在外頭，有人打電話來問『是不是山田先生的府上？』到底要回答『是』還是『不是』？這不是很可笑嗎？如果眞的有急事，非得在外頭打電話，怎麼不直接去找那個人？像這種帶著電話走路的想法，就是沒有看清現實的最好證明。你們一定要好好看清楚眼前的現實，因為那才是你們必須面對的世界。」

男人說得口沫橫飛，我有些招架不住，就連岡田也錯愕地說了一句，「這個老伯在說什麼啊？」但不知為何，「看清現實」這句話一直在我的腦海裡迴響。

「放心，我會代替你們監視。」男人不知從何處掏出了一把小鏡子，舉到眼前。

「監視鏡子？」

「不是啦。」男人轉過頭來，「這只是我用來保持完美形象的工具。如何，這髮型很帥氣吧？」

「帥氣。」我沒有其他選擇。

「這氣球還得吊在這裡好一陣子，所以我會常常來這裡發呆。如果這個望遠鏡的主人來了，我會向他問個清楚。若這樣還不夠，我還可以向他撂些狠話，例如『別靠近我的女人』

之類。」

「弓子老師不是你的女人。」岡田說。

「也對。」男人說到這裡，忽然雙手一拍，「對了，我想起來了！我有那傢伙的照片！」

「咦？照片？」

「沒錯，今年夏天，我和一個女人去海邊玩，她穿這樣的比基尼……」男人興奮地以手指畫出比基尼的形狀。我聽得一頭霧水，不明白他爲何突然提這個。

「當時我跟她用即可拍的相機拍了幾張照，一直沒有送洗。我想拿去洗，但裡頭還剩大約三張底片，我不想浪費，就拿來隨便亂拍。當時我就在這裡，那傢伙也在。」

「眞的嗎？」

「沒錯，我記得這望遠鏡的主人剛好經過鏡頭前，搞不好會出現在照片的角落。」

「我想看。」岡田伸出手掌，態度宛如在索求零用錢。

「送洗了，還沒拿回來。等拿回來後，你們再來找我吧。要是在洗出照片前，那傢伙就出現的話，我會代替你們將他好好教訓一頓。」

男人說完，慵懶地伸了個懶腰，「好了，你們快走吧。」他下了逐客令，接著又眉飛色舞地自言自語，「我應該想辦法從那傢伙身上榨些錢來花花。」

回到家後，我擔心弓子老師不知何時會遭遇危險，一時拿不定主意該不該報警，在電話機前轉來轉去。我想和爸爸商量這件事，偏偏爸爸一直沒有打電話回家。我只好鼓起勇氣，告訴媽媽，「我想和爸爸說話。」媽媽先是很擔心，問我是不是遇上什麼麻煩，最後還是搖搖頭，「爸爸出差的國家現在是白天，他在公司上班呢。」

何況國際電話費高得可怕，我不敢亂打。我不禁在心裡暗罵，該死的時差、該死的電話費。

沒想到才過一天，與壞人對決的時刻就來臨了。

下課後，大家互相道別，各自揹著書包吵吵鬧鬧地走出教室。岡田沒有向我搭話，還是一樣默默看著窗外發呆。「昨天的錄影帶……」我走過去問道。我們昨天約好了今天要一起看他租的電影。

「對了，我都忘了。好，來我家吧。」岡田說。我立刻興奮起來。

轉頭往講台上一看，弓子老師將點名簿及課本疊在一起，正要走出教室。好幾個同學向她說了再見。就在這時，臉色相當難看的訓導主任走進來，低聲對弓子老師說話，老師突然臉色發白，奔出教室。

我與岡田對看了一眼。

一定是發生事情了。

我們不約而同衝了出去，跟在弓子老師身後。刻意保持距離，混在其他正要回家的學生之中，簡直像偵探或是刑警。

弓子老師經過教師休息室，走向校舍後面。那裡有座焚化爐，還堆放著腐葉土，飄著一種獨特的臭氣，大家平常沒事絕對不會來這裡。

身穿體育服的弓子老師一直左顧右盼，走得非常快，有時還會小跑步。

她看見前面站著一個男人，突然停下了腳步。就連跟在她背後的我，也感覺得出她正在害怕。雖然害怕，卻不能逃走。

加油！

我想為老師加油打氣，就像她平常鼓勵我們一樣，但我一句話都說不出口。

站在弓子老師眼前的男人，是個從沒看過的年輕人。襯衫胸前釦子沒扣，一看就知道不是個「正派」的大人，一副囂張的模樣。

岡田立刻往斜前方移動，躲在倉庫陰暗處慢慢靠近。我也急忙跟在他身後。雖然發出了腳步聲，但似乎沒被發現。

我感覺心臟撲通亂跳。我不斷告訴自己「我是爸爸的小孩，絕對沒問題的。」爸爸每天都在執行像這樣的任務，我當然也做得到。

「你別到學校來。」弓子老師說。

「憑我們的交情，來學校看看妳有什麼關係？就當是教學參觀日吧。」男人嘻皮笑臉地說，「話說回來，我說我是妳弟弟，他們就讓我進來了，眞是簡單。」

「學校職員都是好人，不會懷疑別人。」

「快跟我重修舊好吧。」

「我們從來就不是情侶，怎麼重修舊好？你以後別再來了。」

「老實說，我最近手頭有點緊。」

我聽不懂兩人的對話，只知道弓子老師非常討厭這個男人。

「我要叫警察了。」

「我只是想和妳聊聊而已。就算妳叫警察，我也會說是來看看女朋友的工作環境。」

我正要偷偷問岡田現在該怎麼做才好，但一轉頭，才發覺岡田早已不在我身邊。

我愣了一下，發現他已走出倉庫的陰暗處，喊了一聲，「喂。」

「岡田！」弓子老師吃驚地轉頭。

「小子，你想幹什麼？」男人一點也不害怕。

「弓子老師很困擾，你別再來了。還有，別在牆上亂寫字，那太奇怪了。」岡田大膽地走向男人。

「亂寫字？」弓子老師看看岡田，又看看男人，「岡田，什麼意思？」

「對，我想起來了，有人塗掉我寫的字，把牆壁搞得更醜了。」男人的聲音愈來愈大。

「以後別在屋頂上偷看！」我也跳了出去，站在岡田身邊。弓子老師更是嚇得目瞪口呆。

「你們這兩個小鬼，是弓子班上的學生？真是太沒教養了。別欺負我們的弓子老師！我要保護弓子老師！」男人故意裝出小孩子的語調譏笑我們。

「我可沒那麼說話。」岡田的聲音更加成熟穩重了。他的腦袋裡彷彿有個開關，只要按下開關，就可以擁有無比的勇氣。他慢慢走近男人，似乎早已豁出去。

「岡田，你們快回家，這是老師的問題。」

弓子老師急忙擋住岡田，但岡田用力推開老師，此時他的眼裡只看得見男人。

「老師出的問題，我們要負責解開，這不是我們平常在做的事嗎？」岡田說完，拿起身旁的一根鐵棒。那根鐵棒是平常用來扒出燃燒爐裡灰燼的道具。岡田不斷揮舞它。

我一句話都說不出口。弓子老師也摀住了嘴動彈不得。

岡田朝男人的頭部揮出鐵棒，男人急忙舉起左手，閃過了這一下，嘴裡發出像野獸一樣的叫聲。

岡田繼續揮舞鐵棒，嘴裡大喊，「別再找弓子老師的麻煩！」

「你這臭小子，胡說八道什麼？」男人說。

弓子老師也說了一句我沒聽懂的話，岡田再一次揮出鐵棒，這次男人以身體擋住。下一瞬間，狀況完全改變了，我依然只能愣愣站著不動。

岡田被男人抓住了。男人自背後抱住岡田，不知從哪裡掏了一把小刀，抵在他的脖子上。

我一時無法理解眼前到底發生什麼事。

弓子老師氣得彷彿頭頂會噴出火花，滿臉通紅地大喊，「你幹什麼！快放開岡田！」

「是他先動手的。」

「他只是個孩子！」

岡田不斷掙扎，想要從男人懷裡逃走，但男人的力氣似乎比外表看起來還大得多，完全壓住岡田。我仔細一看，男人的手臂又粗又壯，雖然岡田每天早上慢跑運動，力氣畢竟還是敵不過大人。

「不然這樣好了。弓子，妳到操場上脫衣服。」男人說。

一時之間，我以爲自己聽錯了

「我管不了那麼多，大不了同歸於盡。妳要是不聽我的話，我就在這小子身上刺一刀，毀了他的人生。」男人大吼大叫，嘴角彷彿隨時會流下口水。

跟男人比較起來，岡田卻相當冷靜。他仰望頭頂上的男人，不斷扭動身體。抵在脖子上的小刀，讓他一直皺著眉頭。

「妳沒聽到嗎？快到操場去！」男人說。弓子老師似乎失去了平常心，顯得不知所措。她瞥了我一眼，低聲說，「快到教師休息室，請其他老師報警！」

沒錯，若是我一個人，要離開現場應該不是問題。不愧是弓子老師，眞是太聰明了，只要聽她的指示準沒錯。但我才剛這麼想，男人突然對我大喊，「你也跟我們一起來！」看來他的直覺也很敏銳。我內心暗罵一聲，抬頭望向天空。爸爸，現在我該怎麼做才好？

這一天是高年級學生的校外教學日。或許因爲這個緣故，操場上的學生相當少。若是平常，操場上多半會有學生在進行簡單的足球比賽，但這時只有幾個學生正繞著單槓跑步。

我們從校舍後面來到了操場邊。

「走到正中間，把衣服脫掉，我就原諒妳。」男人押著岡田，以下巴指向操場中央。

「妳不做，我就刺他一刀。」

這種強迫脫衣服的做法，簡直像是小孩子互相欺負才會做的行爲。弓子老師全身發抖，不曉得是因爲太害怕還是太生氣。

岡田依然掙扎個不停。

「你可別亂動。」男人手腕一抖，刀刃輕輕碰觸到岡田的脖子。就連大膽的岡田也忍不住輕輕喊了一聲，弓子老師更是大叫，「住手。」

現在該怎麼辦才好？

從不曾體會過的焦慮讓我幾乎快要昏倒，到底該怎麼做才能解除這個危機？

這也是一個「問題」。我腦中突然浮現這樣的想法。既然有「問題兒童」，就該有「答案兒童」。現在該怎麼辦，就是我必須找出的答案。

身邊的東西，爸爸在電話中對我說的話閃過腦海。把身邊的東西當作武器，於是我左右張望。此時我的身體面對操場，旁邊有一棵樹，後頭則是鐵絲網。

總不能折斷樹枝當棍子揮舞吧？我心裡正煩惱著，不經意地抬頭一看，竟看見較低矮的樹枝縫隙之間有團綠色的東西，是一顆球。

一顆卡在樹枝之間的躲避球。

那大概就是秀才同學懷疑岡田偷走的躲避球吧。那顆球所在的位置並不高，只要舉起手就能碰到。但被枝葉遮蔽，得仔細看才能發現。多半是恰巧彈上樹，就這麼卡在樹枝上了。拿下球丟向男人。沒錯，就只能這麼做了。但岡田被男人抱在懷裡，我擔心球會打到岡田。何況要是男人嚇得抽動刀子，恐怕會傷害到岡田。若能將球砸到男人的臉上，當然是最好，但我知道自己沒辦法丟得這麼準。

「喂，你可別想打什麼鬼主意。」男人在我正煩惱時突然說出這句話，讓我更加不敢亂動了。

岡田與我視線交會。「別管我，快想辦法幹掉他。」岡田對我這麼說，我心裡亂成了一團。

「怎麼可能不管你……」我說。

「我剛剛只是被刀子嚇了一跳，現在不要緊了。我一點也不怕。」

「眞是勇敢。既然如此，我就殺了你。」男人大吼。弓子老師哭喊著，「住手。」

「弓子，還不快把妳那身土氣的運動服脫掉？老師，加油啊！」

弓子老師似乎也亂了方寸，哭著將手放在運動服的拉鏈上。我吃了一驚，更加不知所措。

「爲了妳的學生，妳要加油。」男人譏笑著說。

兩個大人都很激動，岡田卻更加顯得冷靜沉著。他板起臉，完全恢復了平日的態度。

「你要是敢刺，我一定會回報的。」我聽見岡田低聲說出這句話，登時覺得毛骨悚然。

就在這時，男人突然大喊了一聲，「怎麼回事?」他搖搖晃晃地將手掌舉到眼前，身體斜向了一邊。

「好亮。」男人大叫。

岡田迅速採取行動。在男人鬆開手的一瞬間，他立刻掙脫男人，接著翻身，將彎成鉤形的右臂由下往上朝男人揮出，打在他的下巴上。除了手臂的力量之外，他還加上了跳躍，宛如一枚在男人的下巴炸裂的火箭。

男人毫無抵抗的機會，就這麼仰頭倒下。

我看得目瞪口呆，腦袋甚至沒辦法會意到「得救了」或是「幹掉壞人了」。只是愣愣看著眼前發生的事情，但岡田跟我完全不同。

他兩腳一蹬，騎在男人的身上，繼續一拳拳地痛毆男人。

「岡田!」弓子老師出聲制止，但岡田完全沒有停下來的意思。他就像發狂一般，不斷毆打倒在地上的男人。「岡田!岡田!」我也扯起喉嚨大喊，但他同樣完全不理會。

又過一會兒，我聽見了警車的聲音，而且愈來愈響。岡田依然打個不停，不肯從男人身上離開。

我搖動樹幹，讓球落在地上，接著我立刻撿起球，用力扔向岡田。球打中岡田的後腦杓，岡田才停止他的暴力行為。

一、兩天之後，我知道了好幾件事。

首先，弓子老師當然沒有受到任何處罰。

某個見過幾次面的男人單方面喜歡上老師。剛開始只是打惡作劇電話，後來變本加厲，不但在學校牆上亂寫字，最後還闖入校園以刀子抵住岡田的脖子。

但男人從來沒有去過對面超市的屋頂。

那副望遠鏡並不是他的東西。

管理氣球的男人洗出了照片，上頭確實拍到了一個正在使用望遠鏡的男人。

那個人是我爸爸。

當時我的父母早已離婚，但是他們沒有告訴我。

他們煩惱著不知該在什麼時機告訴我這件事，最後他們決定先假裝成父親到國外出差。

父親的工作原本就常得出差。離婚後，父親並非去了國外，而是搬進了公司附近的員工宿舍。母親要求父親不准靠近住家，不准跟我見面，而且每星期只能打一次電話跟我聊天。

他們離婚的原因聽說是父親經常不在家，又與客戶公司的女職員發生婚外情。母親爲了報復，才開出了這些折磨父親的條件。

但畢竟父子情深，父親對我相當關心。

如今我有了小孩，才終於能體會父親的心情。身爲父親，每天都要擔心小孩在學校過得好不好、有沒有遇上什麼解決不了的難題。我每次開車經過孩子就讀的學校，也會忍不住多看兩眼，希望能看見自己的孩子。

父親當時的心情也是這樣。

他與母親離婚後失去了監護權，沒辦法跟我見面。母親答應他「等過陣子會定期讓你們見面」，但條件是剛開始時爲了讓我適應沒有父親的生活，他必須假裝到海外出差。因爲這個緣故，他完全沒辦法見到我。

他想見我，就只能躲在屋頂上偷看。

只要在學校對面的超市屋頂使用望遠鏡，就可以將操場及教室看得一清二楚。自從他發現這一點後，每次只要開車經過學校附近，就會偷偷停下車子，到屋頂上偷窺。

當時他剛好調單位，一天到晚必須在外頭跑業務。這對他來說，剛好是求之不得的事情。當時，民眾的防犯意識不像現在這麼高。現在若是有住戶以外的人跑到大樓屋頂上使用望遠鏡，一定馬上會遭來懷疑。那男人成天糾纏弓子老師，如今我們會稱這種人爲「跟蹤狂」，但當時甚至還沒有這種稱呼。

當然，我父親也不是肩負機密任務的間諜。

那他爲什麼要撒謊？

原因就在那天我放學回家時，有個陌生女人對我說，「我認識你爸爸。」那女人其實就是父親的外遇對象。她不知是故意找我，還是偶然看見了我，竟爲了刺激外遇對象而做出這種行爲。

父親聽到我說出這件事時相當慌張，隨口撒了謊。「其實我是間諜」這種謊言如今想來實在很幼稚。說的人傻，信的人更傻，我每次想到這件事都忍不住苦笑。但我想當時父親應該是狗急跳牆吧。

他爲了讓我相信「那女人是知道間諜秘密的可疑人物」，多半是拜託數個朋友跟在我身邊，故意對我說一些語帶玄機的話。

就像阿里巴巴的故事，故事裡的人爲了不讓盜賊找出特定的房子，故意在所有的房子上畫了×號；故事外，父親爲了掩飾特定女人所說的話，故意說大量的胡言亂語。

「但你父親說了這麼多謊，最後外遇行爲還是被發現了？」男人聽完我的話後問道。

這個男人有著圓滾滾的身材，體格雖然巨大，臉上卻帶著稚氣，看不出年紀。身上披著一件大尺碼的外套，沒有扣上釦子，手裡拿著數位相機。

攝影棚內的工作人員及宣傳人員應該都開始覺得這男人相當可疑了吧。

爲了替新電影做宣傳，我光是今天就接受了將近十場的採訪，這男人也是採訪記者之一。他自稱是求職雜誌的採訪記者，卻似乎對這個工作相當生疏，引起我們的懷疑。他只問

了兩、三句關於電影的問題，而且還是看著小抄問的。接著他同樣看著小抄，突然問我，

「請問你讀小學時有沒有一個姓岡田的同學？」

剛開始的時候，我想不起他指的人是誰，但過了一會兒，小學時的回憶浮上心頭。

對我來說，那是我唯一一次的體驗。腦袋裡的記憶匣子一開，當年的各種景象鮮明地浮現眼前。

今天從一大早開始，我就不斷重複談著自己擔任導演的電影，早已感到又累又煩。因此當我談起小學四年級的回憶時，我竟然說得渾然忘我。

「我父親跟那個外遇對象似乎只是玩玩而已，因此當那個女人向我搭話後，他心裡害怕，就跟那個女人分手了。但母親的直覺相當敏銳，早已查得一清二楚，還掌握了證據。父親強調已經分手了，母親卻聽不進去。」

「呃……我想請問一下，你父親爲何知道弓子老師有危險，還在電話裡提醒你？」男人說得相當彆扭，似乎不習慣以恭謹的口氣說話。或許是因爲他看起來緊張又焦慮，我雖然覺得這個人很可疑，卻不討厭他。

「那是因爲父親看見了校門口的牆上寫著『弓子，我不原諒妳』及各種髒話。」

「咦？什麼時候？你剛剛不是說，牆上的髒話在一大早就被岡田塗掉了嗎？」男人忙著寫筆記，連看也不看我一眼。他就像個害羞的社會新聞記者，讓我懷疑他是否能勝任這份工作。

「父親以望遠鏡目擊了岡田塗掉髒話的過程。」

「一大早就在偷窺？」

「我曾跟父親提起那天原本有登山活動。」

「啊，確實有這麼一回事。」男人點頭說道。

「沒錯，父親想要看一眼我揹著背包在操場上集合的模樣，所以一大清早就在大樓屋頂以望遠鏡觀看，但他不知道登山的活動延期了。當時他一定相當驚訝，學校裡一個人都沒有，卻有一個學生正在以油漆塗抹牆壁。」

與那個跟蹤狂對峙時，也是父親救了我們。

父親以望遠鏡看見岡田被扣住動彈不得，明白學校裡發生緊急狀況，嚇得不知所措。他拚命思考解決對策。首先，他拜託管理氣球的男人報警，那男人嘀咕著「你以為報警很簡單嗎？我可沒有隨身攜帶電話。」一邊走下樓梯到超市借電話。父親看見管理氣球的男人忘記的鏡子，想到利用太陽折射的點子。

當時他根本沒有多餘的時間思考這麼做是否有效、是否能像暑假的實驗一樣順利。在警察到來的這段期間裡，利用鏡子折射太陽光是他唯一想到的辦法。

過了好幾年之後，父親才將這些事告訴我。

當時那個跟蹤狂別過頭是因為鏡子反射的關係，還是因為太陽光直接照射，如今已無法求證。

我只知道他因光線太刺眼而失去平衡，給了岡田反擊的機會。

父親還沒衝進學校看我，警車已經先到了。

事發隔天，我看見應該在海外出差的父親，竟出現在氣球男洗出來的照片裡，嚇得腦袋都糊塗了。我一下子懷疑我有兩個爸爸，一下子懷疑這也是機密任務的一環。氣球男下了個簡單的結論，「大人的事情，小孩子不用懂。」他當時或許早就猜到我的雙親已經離婚，還這麼跟我說，「你爸媽或許有一天會分手。總之你爸爸做出這樣的事情，多半只是爲了看看你，你不必想太多。」

或許是早有覺悟的關係，當母親告訴我離婚的事時，我竟能平心靜氣地面對。

除此之外，當時岡田那有如發狂一般沒有人能阻擋的暴力行徑也令我相當震驚。到頭來，我還是不知道岡田腦袋裡到底在想些什麼。就像班上女同學說的，岡田處於搖搖晃晃的「不安定」狀態，隨時會發生危險的樣子。

「對了，後來你們到底看了《小兵》沒有？」一旁的製片問我。

我只是個初出茅廬的導演，說難聽點是還未孵化的蛋，說好聽點是剛孵化沒多久的幼蟲。但是這位製人對我相當親切並且很尊重我，我非常感激他。他甚至沒有說出「別提小學回憶了，好好替電影宣傳吧」之類的要求。

「啊，看了。隔天就到岡田的家裡看了。」我一邊回想一邊說。

「小學生看了高達的電影，有什麼感想？」

「完全看不懂。」我老實回答，引來了周圍數道笑聲。「裡頭的人講法語，又是黑白電影，我看得差點睡著。唯一的印象，是裡頭的大姊姊長得很可愛。那或許是我生平第一部看不懂劇情的電影。」

岡田最關心的虐待場面，在演了超過一半之後才出現。

我與岡田皆屏住了呼吸，期待著這對我們來說最精采的橋段。主角的手上銬著手銬，有人以火柴燒他的手，或是將他的臉按進蓄滿水的浴缸裡。主角一直板著臉，拷打的一方也是面無表情，幾乎感受不到遭拷打的煎熬。看完電影之後，岡田老實說出內心的感想，「沒什麼大不了。」

或許錄影帶出租店的店員認爲，這種程度的虐待場景對小學生來說恰到好處吧。要不然，就是故意戲弄岡田。

「我一直在想關於度假的事情。」

電影裡那個遭受拷打的主角說了這句台詞。岡田很中意，跟著重複好幾次。

「以後只要遇上不開心的事，我就想想關於度假的事情。」岡田說。

「度假？意思是暑假之類的嗎？」我問。

「總之就是休假吧。」

我不知道岡田在何種情況下，須要藉由思考休假來逃避現實。但從那天起，只要在生活上遇到不如意，我也會思考自己的假期。

「大約一、兩個月後，岡田就轉學了。」

雖然發生那麼可怕的事情，但岡田是受害者，而且最後還制伏了歹徒。生起氣來像惡鬼的校長不但沒有罵他，還表揚了他的行爲。然而，岡田的母親卻認爲被捲進那種事情是件丟臉的事。她自認爲沒臉繼續待在社區裡，因此決定搬家。安撫岡田的母親是弓子老師習慣的事，但那次她沒有說服成功。

岡田親口告訴我即將搬家的事情。那天放學後，我在教室裡收拾書包準備回家，他突然走過來對我說出了這個「秘密」。

「搬到哪裡？」

「不知道。」

「知道地址後記得告訴我。」

「如果可以的話。」

我走在他的身邊，心裡思考著我們到底算不算朋友。我們從鞋櫃拿出鞋子換上，走到操場。又走了幾步之後，岡田似乎想起了什麼，停下腳步抬頭仰望超市屋頂。我也跟著仰望。

「我昨天才知道，原來我的爸媽要離婚了。」其實他們早就離婚了，但當時他們對我說明的是「不久之後會離婚」。

針對這點，岡田沒有表達任何感想。他只是以手遮住陽光，說了一句，「陽光好刺眼，完全看不見。」

他似乎是想幫我看看屋頂上有沒有人。

我也擺出同樣的動作，瞇起眼睛。我想知道爸爸是不是正拿著望遠鏡看我。我希望他正在看著。這種一直受到守護的感覺，讓我感到有點煩，卻又有些安心。

「你在幹什麼？」岡田這麼一問，我才察覺自己做出了敬禮的動作。如果爸爸正在遠處看我，我想對他做出一點回應。但是揮手或跳躍的動作太普通了，我想做出一個只有我跟爸爸才明白的動作，證明我知道正在看著我的人是爸爸。所以我像從前一樣，對他行了軍禮。

岡田沒有問理由，站在我身旁做了一樣的動作。

爸爸，我會加油的。我這麼想著。我想他一定會回答我，「祝你好運。」

肥胖的採訪記者不斷以手指摳著某樣東西，發出吱喳聲響。我一看，原來他想要拆開新電池的透明包裝膜，但因動作笨拙，一直拆不開。他大概是要更換錄音機的電池吧。「要是一直剝不開，會不會就這樣過了一天？」他嘀咕了這句話後，突然又問，「岡田轉學後，你們就沒見過面了嗎？」

「爲什麼問這個？」我說。他一聽我這麼問，登時臉色僵硬，顯得相當緊張。他一下解釋，「我的朋友是岡田的朋友。」一下解釋，「正在尋找岡田的下落。」說了一大堆藉口。

我老實地搖搖頭。岡田轉學後到底過得如何，我一無所知。

「你們已經完全沒聯絡了？」他又問了一次。

我只記得一件事。

自從他離開之後，我的小學四年級生活一直過得有些不安。

我跟岡田稱不上好朋友，但他的轉學讓我感到沮喪又孤獨。當然，父母的離婚也是原因之一。對了，岡田轉學後不久，弓子老師也離職了。

親近的人一個接一個離我而去，讓我心裡相當害怕。
每當我看著操場，就會有一種重要的身體部位被風吹走，就這麼消失無蹤的不安感。
爸爸不在了，岡田不在了，弓子老師也不在了。
媽媽告訴我，「人生就是這麼回事。」但我很害怕這樣的人生。
所以我經常想起那部電影。
失去情人的主角在片尾說了這麼一句話：
「我必須學會遺忘悲傷，因爲我的時間還沒有結束。」
這句話眞是太有道理了。我當時才十歲，一定得學會遺忘悲傷才行。因爲我還剩下很多的時間，所以我常常想著休假的事情。

我和那個氣球男再也沒見過面。宣傳用的氣球依然飄浮在屋頂上好一陣子，但管理氣球的臨時工似乎換了人，即使到超市的屋頂上也找不到他。但是那個身穿運動服的氣球男所說的那句「看清現實」一直殘留在我腦海裡。我現在所看見的，眞的是現實嗎？背後是否有我沒看到的眞相？爲了找出答案，我興起了拍電影的念頭。
採訪記者走了後，女性宣傳人員隨口說了一句，「眞不曉得會寫成什麼樣的文章。」我暗想，這場採訪恐怕根本不會變成文章。

第五章 飛的八分

「喂，高田！我打算讓後面的車子撞一下。」

溝口哥突然這麼說。這是一條雙向單線道的狹窄道路，後面是輛白色轎車，有著氣派車頭及碩大標誌，看起來就像一個人高傲地撐大了鼻孔。

「這樣好嗎？」坐在副駕駛座的我問。雖然我們經常製造假車禍，但一時興起幹這種事，實在不是明智之舉。

「怎麼？高田，你不信任我的技術？」溝口哥看著後照鏡問我，「你知道我幹這工作幾年了嗎？」

「但這次可不是工作。」我知道溝口哥只是因爲後頭的車子太囂張，想要給對方一些教訓而已。

「專業廚師就算下班回到家裡，做出來的菜一樣美味，不是嗎？」

「聽說專業廚師多半在家不做菜。」

就在這時，我聽見叮噹一聲輕響，那是我的手機收到郵件的聲音。「什麼信？」溝口哥問。「燒肉店的宣傳信。最近好像有週年慶活動，一天到晚寄信來，不知道在自暴自棄什麼。」

我懶得理會，一直放著不管。但有時一天會收到好幾封，讓我最近愈來愈不耐煩，甚至懷疑這是其他燒肉店的抹黑策略。

「高田，你的腦筋不錯，缺點就是太囉嗦了，不過總比太田那個傻瓜好一點。」

「太田是在我之前跟溝口哥搭檔的人嗎？」

「他就像一顆會吃零食的氣球。」

聽說那個人跟我同年，不但又肥又胖，而且動作遲鈍。溝口哥受不了他辦事能力太差，還得經常忍受他吃零食的味道，在一年前將他趕走了。

只是我無法理解，溝口哥為何一開始會與這種傢伙搭檔？這一年來，我和溝口哥一同行動，對他已有些了解。溝口哥做事經常憑著一股氣勢，或是毫無根據的直覺或興頭。他決定跟太田搭檔，大概也是一時興起吧。

或許是太田讓他嚐到苦頭，當初他選擇和我搭檔時，只問了兩個問題，一是「跑不跑得動？」二是「吃不吃零食？」

不過溝口哥也常帶我到熱門的咖啡廳，津津有味地吃著蛋糕或水果塔。一有空閒，他就會以手機搜尋甜點的資訊，或是閱讀不知道作者是誰的「美食遊記」。

「我愛吃的是高檔的西式甜點，別跟那些垃圾零食相提並論。」

溝口哥說著逐漸放慢速度。

他似乎眞的打算製造車禍。

煞車時不踩煞車，而是直接拉起手煞車的話，不會亮煞車燈。對方來不及反應，就會從後頭撞上來，這是我們慣用的手法。

自從和我搭檔之後，我們也以這個手法騙過好幾個人。對方撞上來後，我們就會用「你竟然敢撞我們的車，這下你要如何負責？」之類的台詞威脅對方交出金錢，有時我們還會糾纏不清。

但今天跟平常不同。平常我們只有在接到毒島哥的指示後，才會幹這種事。換句話說，我們就像是接訂單的現場作業員；然而這一次，完全只是臨時起意。

「啊，可是這裡是下坡。」我對溝口哥說。但他此刻似乎滿腦子只想著突然停車，根本沒有聽見我的話。

「進入平坦的道路再動手會比較好吧？」我又說。

「下坡並不會比較危險。」

「不是危不危險的問題……」

我話還沒說完，溝口哥已經拉起手煞車。

車身歪向一旁。

後頭傳來輕微的衝擊力道。我的身體向前傾斜，被安全帶緊緊勒住。

溝口哥接著踩下煞車，讓車子完全停下。

「走吧。」溝口哥下了車。我也解開安全帶，跟著出去。

衝撞的損傷並不嚴重。我們的輕型車只有左後方的角落有點擦傷，對方的轎車車頭則幾乎毫無損傷。

我不禁暗自嘖了一聲，這就是爲什麼我說別在下坡路時動手的原因。

下坡時，爲了避免車速過快，每輛車子都不會將油門踩得太深。所以就算前面的車子緊急煞車，也不會完全來不及反應。

溝口哥這種做事不夠深思熟慮的態度，實在很要不得。他已經五十多歲了，年紀比我大得多，做事卻往往只被直覺牽著走。

在溝口哥的人生之中，不管是金錢上的財富，或是經驗上的財富，恐怕都毫無積蓄可言。毒島哥曾說過我與溝口哥過的是完全相反的人生，我很認同毒島哥這句話。我不但讀書時成績優秀，而且懂得利用同伴，讓自己往上爬。如今做得雖然是違法的工作，但我一點也不想變成溝口哥這樣的男人。

「喂，你開車是不長眼睛嗎？」溝口哥大搖大擺地走向後頭的轎車。

轎車駕駛座的車窗開了，裡頭的男人帶著一臉迷惘的神情。這個人不但有張圓餅臉，而且略帶稚氣。既然能開這種高級車，應該是從小在溫室裡長大的大少爺吧。

副駕駛座沒有人，只隨意擺著一個頗大的黑色旅行袋。

「你知道你闖了什麼禍嗎？眼睛到底長在哪裡？」

「可是……你們的車好像沒亮煞車燈。」

「兄弟，你在開什麼玩笑？」我也來到溝口哥身邊，「你想冤枉我們車子有問題？告訴你，我們可是每天小心呵護的。你看看，我們黃花大閨女的屁股被你撞成了這樣。」

「貴、貴車的性別是女性？」男人一臉蒼白，戰戰兢兢地問了牛頭不對馬嘴的問題。

我破口大罵，溝口哥也不斷撂下狠話，最後我按照平常的做法要求男人交出駕照，並以數位相機拍下。這男人的相貌不怎麼樣，卻有個瀟灑帥氣的名字，我心想，這就是所謂的見面不如聞名吧。接著我要男人說出手機號碼，接著立刻拿出自己的手機試撥，確定打得通後，我威脅他，「你聽好，我會打電話要修理費，你一定要接。要是敢不接我的電話，我就追到你家去。」

「每天早上等在家門口，陪你一起上班。」溝口哥跟著說。

「是、是。」一臉懦弱的男人縮著肩膀點頭，「請問我可以走了吧？」他說著就要關上車窗。

此時溝口哥不知想起了什麼，突然大喊，「等等，打開後車廂！」

「咦？」男人有些錯愕，低聲嘀咕起來。

溝口哥不耐煩地大吼一聲，車後忽然傳來開鎖的聲音，似乎是男人急忙拉了拉柄。我跟著溝口哥走向車後，「溝口哥，叫他開後車廂幹什麼？」

「我想起來了，從前有一次跟太田搭檔時，那輛車的後車廂裡塞了一大袋錢。」

「這是兩回事吧？」我心想，這輛車的後車廂總不可能也塞著錢。

「像這種有錢大少爺，後車廂一定藏了好東西。」

溝口哥翻起後車廂蓋，看見裡頭有個行李袋。以大小來看，用來裝短期旅行的行李正合適。

溝口哥粗魯地拉開拉鍊。

「咦？」我倒抽了一口涼氣。

裡所放的東西完全超出我原本的預期。

當然，那不是什麼從沒見過的神秘物體，我只是沒料到會在這裡看見這樣的東西。那是一整袋的手槍，包含大量子彈，以及一份摺疊起來的地圖。

「這些是什麼？」我問。

「是槍。」

「我的意思是，這到底是怎麼回事？」

溝口哥也有些慌張。他大搖大擺地走回駕駛座外，「喂，你後車廂裡那些東西是怎麼回事？」

我原本以爲只要溝口哥威脅個兩句，男人就會老實招出一切。

但溝口哥一走到窗邊，卻愣住了，一動也不動。我一時不明就裡，往車內仔細一瞧，才發現開車男人正以手槍指著溝口哥。

我與溝口哥也有手槍，但此時放在車裡沒帶出來，只能怪自己太大意了。

下一瞬間，白色轎車突然衝了出去。男人並不理會後車蓋並未闔上，將車子掉頭衝往對向車道，轉眼間便已衝得老遠。

「好危險！」溝口哥往後一跳，卻沒有站穩腳步，不但一屁股摔倒在地，還向後翻了一圈。

屋漏偏逢連夜雨，對向車道剛好駛來一輛廂型車。司機察覺有危險，急忙轉了方向盤，但還是沒有完全避開，輪胎從溝口哥的大腿上輾過。

「我骨頭斷了，完全斷了！救護車！救護車！」溝口哥像個小孩子一樣大吵大鬧。我趕緊打給毒島哥，詢問該怎麼做。畢竟身分特殊，要是將他送進一般醫院，恐怕會惹來麻煩。

接電話是我們平常稱爲「常務」的男人。他聽完我的解釋後，訕笑了兩聲，「沒事製造假車禍，才會賠了夫人又折骨。」我想他只是想炫耀最後這句雙關語。最後，他告訴我，「爲了保險起見，送到新若島醫院去吧。」

驚動警察對我們沒有好處，所以我對著撞傷溝口哥的廂型車駕駛大喊，「快滾！」開車的中年男人似乎察覺我們來頭不小，聽了我這句話可說是如獲大赦，轉眼間便開著車子消失得無影無蹤。

溝口哥折斷了左大腿骨，在新若島醫院接受手術。這棟醫院共有七層樓，溝口哥住進了三樓西側角落的大病房裡。

剛開始，他痛得哇哇大叫，不時按呼叫鈴找護士麻煩，還哭著大喊，「昨天才動手術，今天就要復健？把人的身體當作什麼了？眞是太過分了！」原本大家都把他當成燙手山芋，但過了一陣子之後，他恢復的速度快得驚人，連復健師也嘖嘖稱奇。如今他只要拄著拐杖，已可在醫院裡來去自如。

不愧是頭腦簡單四肢發達的溝口哥，生命力眞是驚人。

恢復狀況良好是件可喜可賀的事情，但我每天去探病時，總是得先費一番功夫找出他在哪裡，增添了不少麻煩。

「高田，你來了。」

這天我在病房裡看不到人，於是走到休息區尋找。溝口哥看見我，便揮手喊我。

溝口哥身邊坐著兩個身穿病人服的男人，一個是七十歲左右的老人，一個是四十多歲的上班族。兩人穿的都是外科手術用的病人服，但我看不出他們動的是什麼手術。他們三人圍著一張小桌子，正喝著紙杯裝的飲料。

「溝口，你的部下每天都來探望你，可見得你有多麼受到尊敬。」看起來像上班族的男人說。

「這個高田原本什麼也不懂，在我的指導下成長了不少。高田，你說對吧？」

「對……」我無奈地回答，其實我很想問問看他到底指導了我什麼。

「在這傢伙之前，跟我搭檔的那個叫太田的小子，可就完全不行了。」

兩個病人伸長脖子，聽得津津有味。或許是住院生活太過無聊，溝口哥那些真假難辨的故事也能成爲重要的娛樂。

溝口哥滔滔不絕地說著太田闖下的禍。

有一次，太田遇上了必須記住一長串號碼的狀況。由於數字太多，靠記憶太不牢靠，偏偏身上沒有紙筆，手機也沒電了。太田在公事包裡拚命尋找，最後找到唯一有可能派上用場的工具，竟是棒狀的零食「美味棒」（註）。問題是這玩意兒要如何利用呢？太田絞盡腦汁，第一個想到的方法是將「美味棒」當成筆在地上書寫，這方法當然是失敗了。第二個想到的方法是將「美味棒」捏成碎片在地上排成數字，就像童話故事裡的麵包屑一樣，全被鴿子吃了。太田最後終於想出了一個可行的辦法，只是那是以指甲將數字刻在「美味棒」上。

「眞是太好笑了。」兩個病人笑得口水亂噴。我則是感慨萬千，一句感想也說不出來。我很難相信世界上竟有太田這樣的男人，但我更難相信溝口哥竟然會和這樣的男人搭檔做事。

說穿了，這意味著溝口哥決定事情從來不經大腦。

老是看心情做事的結果總是免不了吃苦頭。

例如數年前，溝口哥曾有一陣子企圖脫離毒島哥自立門戶。我當時還不認識毒島哥，若是認識的話，肯定會爲溝口哥捏一把冷汗。

我很清楚背叛毒島哥是一件多麼危險的事情，不僅我清楚，任何人都清楚。

潛入海中時，身體會本能地察覺「這麼做很危險」。同樣的道理，就連三歲小孩也知道反抗毒島哥是種不要命的行爲。

唯獨溝口哥彷彿少了根筋。他魯莽地不斷往海裡鑽，當他感到呼吸困難，明白「這麼下去會死」時，除了閉目等死之外已無其他選擇。

但結果死的人並不是溝口哥。毒島哥一聲令下，當時與溝口哥搭檔的岡田就這麼丟了性命。

「爲什麼是幹掉岡田，而不是溝口哥？」我曾經問過常務。

常務的回答很簡單。

因爲溝口哥將責任全推到岡田頭上。「這次我叛逃，其實都是岡田的主意。」溝口哥以這番說詞來逃避責任，好不容易才撿回一條命。毒島哥爲了殺雞儆猴，下令幹掉了岡田。

對毒島哥來說，殺人只是家常便飯。

常務當時說，「溝口就像一頭野獸，腦中只有自己的利益。他一生中從不曾認眞工作，只會靠掠奪來過日子，岡田不過只是犧牲者之一。」

「溝口哥現在又回到毒島哥底下工作，眞不知該說他厚臉皮、沒原則、還是得過且過。難道他心裡沒有罪惡感，甚至沒有一點心虛？」我苦笑著說。

「或許多少有些內疚吧。一直到不久前，溝口還在尋找岡田的下落。」

註：日本的一種名爲「うまい棒」的零食。

「尋找岡田的下落？難道岡田還活著？」

常務聳肩回答，「怎麼可能。但是溝口就是不死心，曾帶著太田到處打探消息。」

「常務，你一定也被他的行爲感動了吧？」

「不，我只覺得很可笑。」常務露齒一笑，「他們甚至還曾經向岡田的小學同學詢問從前的往事。聽說那個小學同學如今是個電影導演，溝口他們假藉採訪的名義才能接近他。」

「採訪？這又是怎麼回事？溝口哥有辦法做到這種事？」

「聽說他們那時發了一筆橫財。溝口說那是多虧警察臨檢才賺到的錢，詳情我也不清楚。總之他們利用這筆錢買通了記者還是撰稿人之類的。」

「唉，我突然覺得溝口哥有些可憐……」恐怕連溝口哥也搞不清楚自己眞正的目的了。

「是啊，不過溝口惹惱毒島哥還能活著，已經算是很幸運了。」

毒島哥向來對中意的人相當溫柔，對看不順眼的人既嚴苛又殘酷。仔細想想，溝口哥能毫髮無傷地回到毒島哥底下工作，幾乎已可算是奇蹟。

「高田，你聽過『赤坂豪華套房事件』嗎？」常務說。

「那是誰的小說來著？克蕾格．萊斯（註）？」

「你在說什麼啊？大約十年前，毒島哥在赤坂某一間大飯店的豪華套房裡，找來好幾個女人開了一場稱不上高雅的宴會。」

「很像毒島哥會做的事。」

「結果衝進來五個拿著手槍的男人，他們奉命殺死毒島哥，就連飯店的人也早就被他們買通。」

「我第一次聽說這件事，後來怎麼了？」

「那些人激動地揮舞手槍，把毒島哥圍在中間。」

「當時沒有部下在場？」

「房間裡的人全都赤身裸體，只有毒島哥是男的。女人身上一絲不掛，毒島哥當然也是。這可以算是世界上最徹底的『手無寸鐵』了吧。」

女人大聲尖叫，全逃到房間角落。五個男人包圍毒島哥，以槍指著他。據說毒島哥相當沉著冷靜，表情毫無變化。他瞪著眼前的男人們問，「你們爲何要做這種事？」

男人拚命壓抑激動的情緒，緊握手中的槍，沒有回答毒島哥這個問題。

「我不認得你們。你們應該跟我無冤無仇吧？是不是受了誰的指示？」毒島哥說得輕描淡寫，宛如在給部下人生建議，「既然接到命令，就得確實完成，可別失敗了。」

就在五個男人即將扣下扳機的前一刻，毒島哥又說，「你們可要算好時間。」

五人面面相覷，不明白毒島哥的意思。毒島哥若無其事地說，「若我死了，手下要替我報仇，第一個開槍的當然是頭號目標。所以你們最好同時開槍，讓人分不出第一個動手的人。」毒島哥的口氣彷彿是在提供意見，他再次強調，「記住，絕對不能失敗。」

註：Craig Rice（1908-1957），美國推理小說家。《豪華套房事件》（*Home Sweet Homicide*）是她在一九四四年發表的作品。

男人全都咬緊牙根。就在他們再也承受不了緊張感的瞬間，毒島哥突然放鬆下來，展開雙臂，一臉溫柔地看著房間角落說，「啊，原來你也來了。」

五個男人面對一個言詞溫柔的裸體男人，全都失去了戒心。他們下意識地轉頭望向房門，想看看到底是誰來了。

毒島哥迅速蹲在地上，將手伸向腳底。

「毒島哥的腳底隨時貼著刮鬍刀片。」常務興奮地像在描述電影情節，「他蹲在地上，一瞬間以刮鬍刀片割傷了五人的手腕。太誇張？好吧，或許是兩瞬間或三瞬間。總之所有人都當場血流不止，一場鬧劇就這麼結束了。」

關於毒島哥的類似傳說還不少。我不禁再次佩服起溝口哥，竟然有天大的勇氣敢反抗毒島哥。

醫院的休息區裡，溝口哥與其他病人的話題不再是太田的失敗經驗。不知道爲什麼，他們開始互相介紹各自推薦的蛋糕店。

老大不小的三個男人眉飛色舞地談論甜點，實在是幅噁心的畫面。

溝口哥甚至還拿出自己的手機，介紹起他經常在看的「美食遊記」網站。「你們看看，這部落格相當不錯，更新頻率很高。」溝口哥喜孜孜地說著。

所有人都盯著手機螢幕，討論每一塊蛋糕的材料與大小。「我去了幾家沙希推薦的蛋糕店，一次都沒有失望過。」溝口哥自信滿滿地說。

沙希似乎就是那個「美食遊記」網站的作者。

反正一定是個愛吃蛋糕、身材臃腫的中年伯母。我很想這麼潑冷水，但眼前的三人依然熱烈討論著部落格內容，一個說「我想留個言看看。」另一個說「沙希回應留言的速度很快。」第三個說「眞讓人期待。」

「溝口哥。」我喊了一聲，但他似乎聊得太起勁，完全沒有反應。我只好扯開喉嚨又喊了一次。

「吵死了，你沒看見我正在忙嗎？」溝口哥皺著眉頭瞪了我一眼。

「啊，這非洲菊好漂亮。你們知道嗎？橙色非洲菊的花語是『冒險的心』。」老人看著手機畫面說，多半是「美食遊記」部落格裡張貼了花的圖片。

「不愧是老師，連花語也知道。」溝口哥誇張地表現出欽佩的神情。不知道爲什麼，溝口哥總是稱這老人爲老師，或許這個人曾經是學校老師或大學教授吧。

「沙希一定有著一顆冒險的心。」上班族以陶醉的口吻說道。

「還有，這朵黃色非洲菊的花語是『友善』。」

「原來沙希是位友善的小姐。」上班族與溝口哥同時興奮地大喊。

「請恕我說句公道話，花語不是占卜，也不是個資。」我忍不住潑他們冷水。照片裡花朵的花語是「友善」，並不表示拍攝照片的人很友善。

「個資？什麼是個資？」上班族轉頭問我。

溝口哥不耐煩地揮手說，「這個高田明明是個流氓混混，卻啃過不少書，算是高知識分子。」

「溝口哥，你一定也看了很多書吧？」

「那還用說，我可是將《骷髏13》的單行本全看完了。」

「真是了不起。」上班族大感佩服。我心裡哭笑不得。

我跟溝口哥不同，大半的人生都是以資優生的身分度過。我讀過不少書，範圍涵蓋娛樂小說到商業書籍。從小到大，我最尊敬的是合理、符合邏輯的思考方式。那些認真工作的大人，在我看來實在是愚蠢至極，所以我才投靠毒島哥。

「每次看到這樣的蛋糕店，就讓我想起兒子和媳婦。」老人感慨地說。

「老師，原來你的小孩也是開蛋糕店的？怎麼不早點說？開在哪裡？」溝口湊了過去。

「已經關門大吉了。」花語老師望著遠方說道。

「抱歉，溝口哥。有通未接來電，我去回個電話。」我愈來愈不耐煩，口氣也變差。

「誰打來的？」

「反正就是有人打來。」

所謂未接來電，其實是我和溝口哥之間的暗號，意思是「毒島哥派人來電」。溝口哥卻還是搞不清楚狀況，對我說，「怎麼不在這裡打？這個休息區是可以打電話的。」

總不能讓外人聽見與毒島哥有關的對話內容。「這是私人電話，我到別處去打。」我低頭鞠躬，離開了休息區。

休息區的旁邊就是護理站，兩條岔路往左右延伸，形成一處Y字路口。我完全搞不清楚這些走道通往哪裡，但我想只要走到盡頭，應該就能找到適合使用手機的場所。於是我選擇右方的走廊前進。

途中我看見一個身材嬌小的護士迎面走來。爲了不被當成可疑人物，我盡量安分地經過她身邊。像我跟溝口哥這種人，一看就知道幹的不是正經工作，容易引起他人的戒心。因此除非必要，我們總是盡可能低調，才不會惹上麻煩。就在經過護士身旁時，她突然喊了一句，「啊，請問你是溝口先生的親友嗎？」

「親友……可以這麼說。」我感覺自己被當成來醫院照顧父親的兒子，相當不舒服。

「對不起。」我說。

「爲什麼道歉？」護士笑著問。

「他一定給妳們添了不少麻煩吧？」

「確實是添了不少麻煩。」護士哈哈大笑。她的身高比我矮得多，不過或許是因爲抬頭挺胸且走路四平八穩的關係，看起來像個值得信賴的教師。「他是個大嗓門，態度又粗魯。不過除此之外，倒也沒惹多少麻煩。和他聊天很開心，而且他還會介紹好吃的蛋糕店。」

「那只是拿沙希的『美食遊記』來現學現賣而已。」

「而且溝口先生是個溫柔的人。」

「溫柔？不，妳可能誤會了。」

「你知道嗎？上次有個年輕護士，拍了溝口先生的手一下，他的數位相機因此摔壞了，他卻沒有生氣。」

我想多半是溝口哥起了色心，想要偷拍護士。護士不願意，伸手一揮，剛好拍掉了他手上的數位相機吧。

「護士想要賠償相機，溝口先生卻說不用了，還說那台相機原本就是壞的。」

「喔……」我皺起眉頭。

溝口哥這麼做並不是因爲溫柔，而是要讓那個護士欠他一份人情，好加以利用。像我跟溝口哥這種人，唯一能教導世人的事，就是「天下沒有白吃的午餐」。我們總是以自己的行動來推廣這個眞理。

利用他人的罪惡感或恩情當武器，提出強人所難的要求。

那護士總有一天會後悔，她會欲哭無淚地想，「早知道當初就賠錢了事。」

我當然沒有據實以告，欺騙及醜陋的鬥爭本來就是這世界的運作法則。任何一個成年人都必須謹言愼行，避免落入他人的陷阱。

與護士擦身而過後，我繼續走到走廊盡頭。那裡有座樓梯，我在樓梯間拿出手機，回撥未接來電上的號碼。

接電話的是毒島哥身邊的常務。「你太慢了。」他冷冷地說。

「對不起。」我隔著電話對常務鞠躬，「我剛剛在溝口哥的病房裡，沒辦法立刻離開。」

「你當溝口的手下多久了？」

「一年了。」其實我從來不認爲自己是那個人的手下。

「你可別受溝口影響，忘了本來的立場。」

「請別擔心，我從不曾受溝口哥任何影響。」

「是嗎？近朱者赤、近墨者黑，要不受影響也難。」

其實我與溝口哥一同行動，全是因爲毒島哥的命令。

一年前，溝口哥在找太田的後繼人選時，毒島哥要我接下這個缺。

當然，溝口哥並不知情。

剛開始的時候，我以爲毒島哥要我當間諜，調查溝口哥是否還有背叛的意圖。但毒島哥告訴我，「溝口這個人只要善加利用，還算是個人才，不過若是沒選好搭檔，馬上就成了廢物。我派你跟在溝口身邊，是爲了徹底發揮他的能力。」

就好比下游工廠的廠長是個無能之輩，爲了確保工廠正常運作，故意派遣一個有才幹的人從旁輔助。若直接讓我當廠長，當然省事得多，可惜溝口哥絕對不會同意。

「對了……」常務的聲音變得嚴肅了些。

「發生什麼事了？」

「前天毒島哥遭到襲擊。」

「咦？」

「毒島哥不是有間公寓嗎？」

「是。」我嘴上這麼回答，其實根本不曉得常務指的是哪間公寓。是毒島哥的住處？還是毒島哥名下的房子？抑或是包養的女人所住的公寓？我接著又想，前天我在做些什麼事？毒島哥遇襲是幾點發生的事？

「有人對毒島哥的公寓門口開槍。雖然聲音很響，但我們設法安撫周圍鄰居，沒有驚動警察。若是平時，我們只會當這是幼稚的示威行爲，然而這次我們收到了一封可疑的威脅信。」

「威脅信？」

「沒錯，信裡寫了一些怨恨毒島哥的話，還附了一張公寓平面圖。」

「毒島哥沒事吧？」

「他當時不在公寓裡。」

「在哪裡？」

「在你那裡。」

「咦？」我愣了一下。這種說法簡直像是有個女人擅自跑進我的房間，要和我一起生活。

「不久前，毒島哥住進了你現在待的那間醫院裡。」

我急忙左顧右盼。走廊兩側全是病房，毒島哥可能住在其中一間裡。我急忙回想自己這陣子說過的話，擔心其中是否包含不能被毒島哥聽見的批評言論。

電話另一頭的常務似乎察覺我心中的焦慮，接著說，「毒島哥在上面。最上層的高級VIP房。我也在他身邊，這通電話就是從VIP房裡打的。」

「毒島哥的身體出了什麼問題嗎？」

「毒島哥年紀雖大，身體還很健朗。只是上次健康檢查，在內視鏡檢查時發現腸胃裡有一些腫瘤。這些腫瘤都是良性的，而且及早發現。原本切除之後馬上就可以出院，但毒島哥向院長提出要求，希望在醫院裡悠哉一段期間。」

「醫院裡沒什麼好吃的東西，爲什麼不早點出院？」

「毒島哥連餐點也是特別安排的。他的病房裡有一座小型電梯，供餐室製作出餐點後，會直接以電梯送到他房裡，簡直像是科幻電影裡的設備。」

「我不太懂科幻電影，不過我大致明白常務的意思。」

我暗罵，這些人到底把醫院當成什麼地方了。當我還是小學生的時候，父親得了癌症，但因等不到空床位，手術一延再延，最後他就這麼過世了。醫生說發現癌症時已經太遲了，但我不信這種鬼話。那個時候或許也有個像毒島哥一樣的人，在醫院裡長期過著悠哉生活吧。如今回想起來，當時那個醫生一副自詡爲菁英分子的態度讓我看不順眼，我才開始對這些違法勾當產生興趣。

不過我倒是知道溝口哥被送到這醫院來的理由了。顯然這間醫院的院長與毒島哥交情匪淺，和其他醫院比起來，很多事情都可以睜一隻眼閉一隻眼。

「多虧開槍時毒島哥不在，才避免危險。」

「開槍的人一定不知道毒島哥正在住院。」

「沒錯，而且有人目擊了他的車子。」

「眞的嗎？」

「那是一輛白色的車子，車種是……」常務說了一個屬於高級車的車種。

「啊……」我對這車種印象深刻。

「你也想起來了？溝口這次骨折，那個開車撞上你們的傢伙也是開同一款車，對吧？」

「啊，那個開車的傢伙帶著手槍！」我激動地說道，「而且後車廂裡還有個裝滿槍的袋子！」

「我剛聽你說這件事時，還以爲只是個無聊的玩笑，沒想到竟然是眞的。」

「當然是眞的！」我大聲說，「當時那個男人，原來就是襲擊毒島哥的人？」

「在這日本，有槍的男人可不多。實在不太可能有兩個人同時有槍，還開同款車。」

「除非是槍手可以減稅的車種。」

常務沉默了片刻後說，「你是認眞的嗎？」

「我開玩笑的。」

「看來你也很……」

「受了溝口哥影響。」

常務還沒抱怨完，我已打斷了他的話。

「所以高田，這是你們表現的好機會。」常務恢復了嚴肅語氣。

「請儘管吩咐。」我抬頭挺胸地說。

「你跟溝口都認得那傢伙的臉，對吧？現在你們成了重要的證人。」

「大事不妙了，溝口哥。」

我回到大病房一看，溝口哥正好回到病床邊。

「高田，我剛好也得知了一件大事。」溝口哥放下拐杖，在床邊坐下，慢慢往後躺。

「是那傢伙的事嗎？」我問。

「那傢伙？」

「是這樣的，我剛剛接到來自毒島哥那邊的電話。」我拉上病床之間的布簾，坐在床邊的圓凳上，注意著周圍動靜，低聲說出剛剛的電話內容。

溝口哥原本興致缺缺，但當我說出毒島哥的住處遭槍擊，以及毒島哥此時正住在這間醫院裡時，他的臉色開始凝重。當我說出我們可能見過開槍者時，溝口哥的表情已轉爲興奮，

「眞是太有趣了。沒想到竟然是那個撞了我們，還壓斷我大腿的混帳。」

我暗想，撞車是我們主導的，壓斷溝口哥大腿的更是完全不相關的車子，不過我當然沒

有說出口。

叮噹一聲，我的手機又收到了郵件。我迅速拿出手機一看，又是燒肉店的宣傳信，內心咒罵了一句。

「所以只有我跟溝口哥認得那傢伙的長相。」我說。

「原來如此。」溝口哥雙手盤胸，用力點了點頭，「不過……那又怎麼樣？」

「這是我們表現的機會。」

「表現什麼？」

「只要知道襲擊毒島哥那傢伙的長相，大家就可以提高警覺，應付起來會輕鬆得多。」

「對方可不見得只有一個人。」

「話是這麼說沒錯，但總好過什麼線索都沒有。」

「但你還記得那個臭屁男人的長相嗎？你畫得出那傢伙的肖像畫？」

「不用畫肖像畫，那時我不是拍了照片嗎？」

爲了事後威脅起來方便，我以數位相機拍下了對方的駕照。原本只是例行公事，沒想到竟然在這種情況下派上用場。

那傢伙既然握有槍械，駕照上的資料很可能是假的，但照片總是假不了。照片可說是假駕照上唯一可以相信的線索。

「溝口哥，你的數位相機在哪裡？」

溝口哥一聽，突然露出古怪的神情。那種畏畏縮縮又緊張兮兮的態度，簡直像個忘記寫作業的小孩。「數位相機在……那裡。」溝口哥指著牆邊的行李架說。

「啊，對了……相機壞掉了？」我想起了護士的話，心裡大叫不妙。

「是啊。」溝口哥撐大鼻孔，惱羞成怒地說，「但這不是我的錯，是護士弄掉了。那相機已經開不了機，當然也無法拍照了。」

我拿起相機仔細打量，上頭並沒有明顯的傷痕，但一按按鈕，確實毫無反應。電池明明裝得好好的，卻無法啓動，而且鏡頭附近的機身有些扭曲。我想取出裡頭的記憶卡，但找來找去卻是不見蹤影。

「記憶卡呢？」我問。

「我看那張記憶卡溼了，就隨手丟掉了。」

「溼了？」

「相機是在廁所摔壞的。護士拍掉相機時，下面剛好是浴缸。」

「護士怎麼沒跟我提到這點？」

依護士的說法，聽起來像是摔在堅硬的地上才壞掉的。

「一定是不好意思說吧，總之全是護士的錯。」溝口哥鬧起了脾氣。

他在護士面前一副無關緊要的態度，還說「相機原本就是壞的」。如今遇上麻煩，卻又將責任推得一乾二淨。沒錯，溝口哥正是這種見風轉舵的男人。

「現在怎麼辦才好？我已經在電話裡和常務說有照片了。」

「就老實說照片泡湯，不就得了？」

「他一定會大發雷霆的。」

「你就說雖然沒有照片，但我們將那傢伙的長相記得一清二楚。」溝口哥粗暴地說，「不然你還想得出更好的說詞嗎？」

「的確只能這麼說了。」

「你聽著，如今只有你和我才知道關於敵人的線索，他們一定會對我們客客氣氣。就算心裡生氣，也不敢輕易得罪我們。」

「這麼說也對。」

「幹我們這行，這就是長命百歲的法門。」

「嗯……」我無奈地點了點頭。不過溝口哥這麼說，確實也有些道理，既然我們手中握有線索，立場就不至於太糟。

「對了。溝口哥，你剛剛不是說，你知道了一件大事？」我想起了剛進病房時，溝口哥的話。

「對、對。若不是老師剛剛提起，我還不知道這件事。你一定聽過『飛的八分』這句俗語吧？」

「飛的發憤？我沒聽過。跟『發憤圖強』類似嗎？」

「搞什麼，你竟然沒聽過？『飛的八分』，意思是『絕無此事』。」

「聽起來很深奧。」

「我也這麼認爲。」溝口說得中氣十足，同時坐直身子。或許是牽動到傷口，他痛得皺起眉頭，「我現在才知道，原來『飛的八分』是從英文『never happen』來的。」

「溝口哥，沒想到你懂英文？」我不小心說出了眞心話，幸好溝口哥並未在意。

「二次大戰後，日本多了些美國兵，他們原本要說『絕對不會再發生這種事』卻不會說日語，最後說成了『飛的八分』。」

「喔……所以呢？」我心想，反正等等上網查一下就知道了，不用聽得太認眞。

「這不是很有趣嗎？『never happen』竟然變成了『飛的八分』。我們日本人不知道由來，還把這句話加油添醋，變成了『飛的八分，走的十分』。」

「這又是什麼意思？」我這麼一問，溝口哥露出更加錯愕的神情。像這種驚訝於世代隔閡的反應，對我來說只有「煩」這個字可以形容。

「當我們要說『絕對沒有這回事』時，不是會說『飛的八分，走的十分』嗎？」

「我從沒說過。」

「這句話押韻押得很妙，當年可是流行得很。」

不過是胡亂湊起來的一句話，誰會管它押不押韻？

「仔細想想，好像沒什麼差別。」我說。

「高田，你說沒什麼差別是什麼意思？」

「飛的八分，走的十分，時間只差兩分鐘，目的地應該很近？」

「你拘泥這雞毛蒜皮的細節做什麼？」

「飛機雖然快，但登機手續及行李檢查很花時間。這句話應該是想闡述這個道理吧？」

「管他什麼八分十分，這句話沒那麼高深的哲理。」溝口哥把自己提出來的俗語批評得一文不值。「話說回來，既然你說沒什麼差別，難道你不飛？」他接著又問。

「什麼意思？」我皺眉問道。

「飛的八分，走的十分，時間只差兩分鐘，你飛不飛？」

「什麼意思？」

「是我的話一定飛。既然能飛，當然要飛飛看。」

「因爲你骨折不能走，所以用飛的？」我故意跟著他胡扯。

「這是兩碼子事。」

溝口哥不再理會我，慢條斯理地掏出手機，拉開布簾，看起介紹烘焙西點、蛋糕的網頁。

「溝口哥，你從以前就喜歡吃甜點？」我無奈地問。

「倒也不是。該怎麼說呢……一旦累積壓力就會想吃甜點，這是人的天性。」

「原來如此。」我咬緊牙根才將「原來溝口哥也有壓力」這句話吞回去。

「毒島哥也一樣。」

「咦？」

「你一定不相信，他也愛吃甜點。這個沙希的『美食遊記』部落格就是他告訴我的。」

沒想到毒島哥跟溝口哥之間竟然會聊這樣的話題，讓我一時感到既溫馨又驚悚。

我的心情就像是知道了不該知道的秘密似地忐忑不安。就在這時，房間門口突然閃出一道人影，更是讓我嚇得魂不附體。

那是個手裡捧著全罩式安全帽的男人，形跡相當可疑。我立時繃緊了全身神經，卻看見溝口哥比了比大拇指，「你要找老師，對吧？他在自動販賣機那邊。」

原來是住在同一病房的「老師」的探病親友。

溝口哥一派輕鬆地對男人說話，男人卻是面無表情地瞪著溝口哥，眼神相當銳利，似乎在警戒著什麼。

「你不是在找老師嗎？他在自動販賣機那邊。」溝口哥又強調了一次。

男人輕輕點頭，走到窗邊的「老師」床位，放下全罩式安全帽，並在裡頭放了一把鑰匙。依鑰匙形狀來看，多半是輕型機車的鑰匙吧。

男人離去後，溝口哥說，「這個人每天都在這個時間來探望老師，真是有心。」

「我不也是每天來探望你？」我說。溝口哥完全無視我這句話，我只好接著問，「他是『老師』的兒子？」

「好像不是。老師上次說過，他的兒子及媳婦原本開了蛋糕店。」

「啊，這我也聽到了。」

「但兩人聽說都死了。」

我沒料到溝口哥會說出這句話，內心震了一下。不過，這樣的事情倒也並不稀奇。

「死於意外？」

「我沒問詳情，不過老師曾提到蛋糕店經營得不順利。」

「還不出欠債，夫妻一起自我了斷？」

「聽說兒子媳婦向來路不明的組織借了一大筆錢。兩人自殺後，一直是那個騎機車的男人在照顧老師，多半是他的遠房親戚吧。」

「那男人也懂花語？」

隔天，我在前往醫院的路上，接到常務打來的電話。一問之下，才知道原來毒島哥又收到了威脅信。「敵人這星期似乎還會發動攻勢，我很想增派人手保護毒島哥，但在醫院裡不太方便。」常務說。

「是的，我能理解。」我暗想，爲什麼不乾脆出院算了？

不過我轉念又想，只要毒島哥待在醫院裡，敵人也不敢太明目張膽。

「你們也要做好心理準備，只要發生特殊狀況，就馬上來保護毒島哥。毒島哥住在七樓，你們最好先摸清楚搭電梯及走樓梯的路線。」

「是，我馬上就到醫院了。」我回答。

其實比起當溝口哥的跟班小弟，我寧願待在毒島哥身邊當保鑣。若不是毒島哥的命令，我才不想對那個窩囊的溝口哥鞠躬哈腰。

平日的會客時間從下午三點才開始。我在一樓的會客櫃檯登記了姓名，院方卻拒絕讓我會見毒島哥，我無可奈何，只好打電話給常務。經過一波三折，我才終於拿到會客胸章，搭上電梯。溝口哥這時多半還在和其他病人閒扯吧。

來到七樓一看，或許是「VIP樓層」這個先入爲主的觀念作祟，就連地板的顏色及觸感也顯得格外高級。我從電梯間走進走廊，突然看見轉角站著一個身穿西裝的男人，嚇了一跳。

那是個高高瘦瘦的男人，雖不至於殺氣騰騰，但露出高度警戒的態度。

我心中膽怯，早已顧不得形象。那男人望了我一眼，「原來是你。」

「抱歉，我來探望毒島哥。」我說。

男人始終將手放在背後，更增添了我心中的懼意。他的手中一定握著槍或某種武器，隨時可以掏出來大開殺戒。他似乎察覺我正在看著他的手，歪著頭說，「就算是熟人，也不能掉以輕心，對吧？」他的口氣輕鬆詼諧，眼神卻認眞嚴肅。

「當然、當然。」我舉起雙手，男人走過來搜身。

「敵人還不知道毒島哥在這裡吧？爲什麼護理站一個人都沒有？」我問。

「毒島哥嫌礙事，把護士全趕走了，這樣我們才方便管制出入。」男人抬頭，在我的屁股上一拍，「好了，進去吧。走廊盡頭那一間。」

我走到病房門口，又接受了一次搜身。這次負責搜身的男人像機器人一樣面無表情。我依稀記得以前也曾看過這個人，卻不知道他的名字。由於他長得有點像豹，我在心裡稱他「豹型機器人」。他將我的背包放在門口附近的棚架上，還取走了我口袋裡的皮夾。

眞是戒備森嚴。

毒島哥的病房相當寬敞。

和樓下溝口哥所住的多人病房相比，可說是天壤之別。房內擺了一整套沙發座椅組，卻一點也不顯得擁擠。就連病床，也比一般病床大上許多。我才想著「除了牆上沒畫之外，簡直跟大飯店沒兩樣。」轉頭一看，牆上竟然眞的掛著裱了框的畫。所有家具一應俱全，甚至連衣櫃也有。

毒島哥穿著病人服躺在床上，一副好整以暇的模樣。嘴角雖然帶著笑意，雙眸卻睜得極大，散發出彷彿要將人吞噬般的驚人氣勢。

我請安後，老老實實地鞠躬道歉，「沒想到毒島哥也住進了同一間醫院，一直沒來探望，請原諒我的失禮。」

「不知者無罪。」毒島哥的語氣相當開朗，「你要是知道我在這裡，那才是大問題。」

「謝謝毒島哥原諒。」我又鞠了個躬。

「高田，你來瞧瞧，這就是我跟你提過的東西。」我聽見窗邊傳來說話聲，心裡又是一驚。原來窗邊還站了一個人，正是平日跟在毒島哥身邊的常務。這個人有著修長的身材、寬厚的肩膀及凹陷的雙頰，外貌帥氣瀟灑，據說曾當過雜誌模特兒。然而在我眼中，他是個冷酷無情的可怕上司。

常務遞來一枚信封。

我沒戴手套，正猶豫該不該接下，常務更用力將信封朝我推來，「別管什麼指紋了，我們可不會將這件事交給條子調查。」

信封裡只有一張紙，上頭只印了一排字，「毒島的年紀不會再往上加了」。敵人以文字處理機打出這排字後，不知道是不是覺得太單調，又在右下角貼了一張小小的貼紙。

「這是什麼？」

「一張葉子形狀的貼紙。若不是單純的惡作劇，就是有著我們不知道的意義。」

「綠色的葉子？」我仔細端詳那一小片綠色的貼紙。看起來像是野草或蔬菜的葉子。

「似乎不是四葉幸運草。」常務笑著說。我愈看愈覺得這片葉子透著古怪。

「你有什麼想法？」常務問。

以我的身分，原本沒有發言的資格，但我硬著頭皮說：

「在威脅信上貼這種幼稚的貼紙，確實很像那個開車撞上我們的傢伙會做的事。」

「什麼意思？」

「那傢伙一開始對我們低聲下氣，後來卻又大膽地拿槍指著我們。既像個幼稚小孩，又像個危險人物。」

「原來如此，確實跟威脅信及貼紙的組合有異曲同工之妙。」

「兩天後就是我的生日。」床上的毒島哥說。

「毒島哥，生日快樂。」我趕緊轉身，對著毒島哥鞠躬。

「我不是那意思。那紙上說我的年紀不會再往上加，意思不就是會在生日前送命？」毒島哥苦笑著說。

此時說「這麼說也對」似乎也不太對，我只好保持沉默。不知該說些什麼的時候，沉默往往是最好的選擇。

「對了，高田，照片帶來了嗎？」常務問。

「啊……」

「啊？」「老實說……」「老實說？」「有點難以啓齒……」「有點難以啓齒？」「照相機……」

「照相機？」

「壞了。」我終於還是說了實話。

我感覺得出來常務進入了發怒模式。雖然沒有音效也沒有亮燈，但他臉色變得猙獰，大搖大擺地朝我走來。

「你到底在想什麼？你知道這有多嚴重嗎？」

我完全無法反駁，這是理所當然，因爲這件事本來就沒有辯白的餘地。除了老實道歉之外，沒有其他選擇。

「要不要我敲碎你的腦袋，把記憶抽出來？」常務揪著我的衣領。

我又道歉了一次，內心不禁嘀咕，應該把溝口哥找來一起挨罵才對。

就在這時，我聽見了兩種聲音。第一種是我的手機發出的叮噹聲。常務正氣頭上，我當然不可能拿出手機確認，但多半又是燒肉店的宣傳信吧。

第二種聲音，則來自病房角落。我轉頭一看，登時恍然大悟。傳說中配送餐點用的小型電梯發出短促而清脆的聲響，似乎是送來餐點了。

我心想，用餐需要護士協助，總不能讓病人自行處理，因此說了一句，「我去叫人。」轉身就要奔出病房。「不用了、不用了。」毒島哥立即說。我聽見了低沉的馬達旋轉聲，仔細一瞧，毒島哥的病床前半段正在緩緩攀升。

豹型機器人不知何時已走到了配餐用電梯的前方。他將餐點放在托盤上，關上電梯門，將托盤送到毒島哥眼前的簡易餐桌上。毒島哥眉開眼笑地說，「看起來挺美味。」

「失禮了。」豹型機器人拿起叉子，插在蛋糕上。我嚇了一跳，心想這傢伙眞是大膽包天，竟然敢對毒島哥的餐點亂來。但下一瞬間，我已明白他在試毒。豹型機器人吃了一口蛋糕後，對毒島哥說，「請用。」

「爲何我的食物得讓部下先品嚐，眞是莫名其妙。」毒島哥露出苦笑。

「對了，溝口哥經常閱讀網路上的美食遊記部落格。」我偶然想起這件事，不經意脫口而出。

「噢，那個部落格是我告訴他的。」毒島哥握著叉子淡淡地說。

溝口哥當初這麼說時，我本來還有些半信半疑，沒想到竟然是眞的。

「有什麼問題嗎？」毒島哥說。

「不，絕對沒有問題。」我想起了溝口哥那句「飛的八分」。

「我從前也曾經把經營西式甜點店當副業，後來愈搞愈大，甚至到處收購小店，還融資了一大筆錢。」

「原來如此。」

「可惜發生了一些波折，最後還是以失敗收場。」

我在腦袋裡自動把「波折」替換成「腥風血雨」。

「喂，高田。」立正不動的常務忽然轉頭對我說，「總之，你可別忘了那傢伙的臉。一旦發現長相差不多的人，立刻向我回報。」

「是。」我嘴上答應，心裡卻暗叫不妙。這下子毒島哥要是有什麼三長兩短，我恐怕也得跟著陪葬。當他們要找替死鬼來頂罪時，我和溝口哥將會是最佳人選。

我帶著鬱悶心情回到大病房。溝口哥還狀況外地與老護士聊得起勁，我看了更是感到全身脫力。我忍不住想要告訴他，弄壞相機這件事可比你所想的要嚴重得多。

護士看見了我，丟下一句「下次再聊」後，匆忙離開房間。這下子我好像反而成了不速之客。

「高田，護士真不是人幹的工作。」溝口哥躺在病床上說道。

「眞不是人幹的工作？」「抱怨永遠說不完。」「抱怨永遠說不完？」「不過這不能怪她們，畢竟這工作實在太不輕鬆。」

「這我能體會。」我回答。護士除了得付出肉體上的勞力外，加上工作性質牽扯到病患的健康及性命，精神當然也處於緊繃狀態。除此之外，多半還得應付麻煩的職場人際關係。

「每天累個半死，收入卻不高。」

「是啊。」

「爲什麼有人想當護士？你不覺得這很荒唐嗎？」

「我也不知道爲什麼。」我盡可能在口氣中表現出「我對這話題沒興趣」的態度，溝口哥卻沒有察覺。

「於是我就問了。那些護士經常來向我抱怨東抱怨西的，我趁機問她們『爲什麼要當護士？』」

「聽起來像是記者才會問的問題。」

「是啊，這讓我想起岡田。他常說，只要多聽別人說話，就能明白很多事情。」

「岡田哥這麼說過？」

溝口哥每次提到岡田時，就會像個三歲小孩一樣哭喪著臉。爲了活命，他拉岡田當替死鬼，這件事多半讓他心中產生了罪惡感。除此之外，或許是與岡田搭檔的日子太快樂，在他心中留下了深刻回憶。

「沒錯，那傢伙經常蹚一些不必要的渾水。當時我實在不明白他爲何要這麼自找麻煩，現在我才體會到多與他人交流也是一件重要的事。」

「採訪護士後，有什麼收穫？」

「對，扯遠了。總之我問她們『爲什麼當護士？』她們大多回答『因爲小時候住院時，遇到了很好的護士。』你不覺得這很神奇嗎？」

「不覺得，這多半只是院方替她們準備好的模範答案吧。」

「像這種前輩的努力能吸引後繼者入行的工作可不多。」

「是嗎？全日本受國家代表隊影響後開始踢足球的小孩不知有多少。」

「這不能相提並論。足球選手是大家眼中的英雄，護士卻是無名小卒，收入不高，工作又辛苦。她們願意幹這行的原因竟然是『從前自己得到了幫助，現在換自己幫助他人。』你不覺得這很感人嗎？」

「這很感人嗎？」

「像這樣的職業太少了。那些一心只想當醫生的現實傢伙跟她們根本不能比。」

我心想，這根本是對醫生的偏見。

「這世界就是這麼矛盾。賺最多錢的人，往往只是坐在電腦前敲敲鍵盤。工作的價值與回報實在太不成比例。你不認爲這很不公平嗎？我曾經想過，爲什麼不能提高護士的薪水？她們幹的是人命關天的工作，作息不規律，而且需要專業技術，就算拿一流企業員工的薪水也不爲過。」

「要是這麼搞，醫療制度會開天窗。」

「這種艱澀的問題先擱一邊吧。總之呢，我後來想想這樣也不行，因爲如果這麼做，護士的地位就會變得高高在上，如此一來，就會吸引一些人渣敗類跳進這行業。你想想，要是那些幹國會議員的傢伙都跑來當護士，那有多麼可怕？」

「這根本是對國會議員的偏見。」

「那些議員不會抽血，倒是挺會吸血。」溝口哥自以爲說了好笑的笑話，一副志得意滿的神情，撐大鼻孔，臉上全是笑意。

「溝口哥眞是妙語如珠。」我冷冷地說道。

「你想想，天底下有誰看了我們的工作，會產生『我也想加入』的想法？」

「每天找人麻煩，還得跑腿送貨，實在沒什麼吸引力，拿來警惕自己倒是不錯。」

「是啊。」

「溝口哥，你想找後繼者？」

「倒也沒有。」

接著我說出剛剛在毒島哥的病房裡因「相機損毀」遭受責罵一事。爲了煽動溝口哥的危機意識，我故意形容「常務怒髮衝冠、毒島哥暴跳如雷」，溝口哥登時臉色慘白，反應一如我的預期。

「我們快走吧。」溝口哥說。

「走？走去哪裡？」我問。

「當然是去找毒島哥。你知道惹惱他會有什麼下場嗎？若不趁現在趕緊道歉，可就吃不完兜著走了。」溝口哥彎身拿起一旁的拐杖。

「撐拐杖去，多少能得到同情。他看我行動不便，還特地到七樓去找他，搞不好會大受感動呢。」溝口哥笑了起來，「我們現在就出征，不，去找毒島哥。」

溝口哥早已習慣拄著拐杖走路，何況搭電梯到七樓幾乎不費什麼力氣，所以根本沒有得到同情或感動。

「你來幹什麼？」常務惡狠狠地問。

「我們來出征……不，來找毒島哥。」溝口哥戰戰兢兢地低聲回答。

「你在胡言亂語什麼？」常務罵道。

這是理所當然的結果。溝口哥這愚蠢的舉動，害我也跟著又挨了一頓好罵。

然而溝口哥並沒有因此退縮。他爲數位相機損毀一事道歉，並不忘將責任推給護士。最後，他高聲宣誓，「我和高田只要一發現院內有可疑人物，一定會馬上通報！」那種熱血澎湃的語氣，簡直像是大喊「再辛苦的練習也不怕」的高中棒球社社員。

「那個像機器人一樣的傢伙，在門口對我毛手毛腳，該不會是塊玻璃吧？」溝口哥回到電梯裡時抱怨了一番。

「他只是檢查我們身上有沒有帶武器而已。」

「連自己人也懷疑，真是胸襟狹窄。」溝口哥說得義憤填膺。我很想提醒他，他這位自己人可是有過背叛毒島哥的前科。

我們搭電梯回到三樓，正要走回病房，迎面走來一個身穿樸素連身工作服的中年婦人。那婦人推著一輛推車，裡頭放著水桶及清掃用具，看起來應該是院內的清潔人員。

「啊，小溝！我終於找到你了！」負責清潔的中年婦人露出鬆一口氣的神情。

我聽她親熱地喊溝口哥為「小溝」，心裡有些哭笑不得。沒想到除了護士及住院患者之外，就連清潔人員也跟溝口哥建立了深厚交情。

「噢，怎麼了？難不成是在病房垃圾桶裡撿到了鈔票？」溝口哥宛如是個語氣粗魯的級任導師。

婦人瞄了我一眼，顯然有些忌諱。不是我自誇，我這個人向來很識相。「我去自動販賣機買點東西。」我丟下這句話，趕緊離開現場。

我在自動販賣機買了一罐我根本不想喝的烏龍茶，慢吞吞地走回去，卻看見溝口哥一臉凶惡地迎面走來，「高田！快跟我走！」

「去哪裡？」

「那傢伙出現了！」

這沒頭沒腦的一句話，讓我一時摸不著頭緒。但我一看溝口哥那猥瑣又險惡的神情，加上一旁的清潔伯母，頓時恍然大悟，襲擊毒島哥的傢伙出現了。溝口哥見我已搞清楚狀況，點頭說，「我們走吧，絕不能讓他逃了。」他拄起拐杖，以帶有特殊節奏感的步伐走向電梯。

我急忙跟在後頭。

「那傢伙是怎麼找到這裡來的？還有，那個清潔的伯母怎麼會認識他？」我問。

電梯一抵達，我們立刻衝進去。我見裡頭擠滿人，心裡咒罵了一聲，但大家見溝口哥拄著拐杖，竟讓出了一大片空間，登時又讓我感到有些不好意思。每個人都默默地仰望樓層數字，沒有開口說話。我不方便繼續追問，溝口哥也似乎並不打算回答我的問題。

電梯一抵達一樓，溝口哥立刻衝向醫院後門，拐杖發出咚咚聲響。

「溝口哥，你打算怎麼做？現在我們身上可沒有武器。」我跟在溝口哥身旁說道。槍放在車裡沒帶出來。

「空手就行了，哪需要什麼武器？」

「但上次他車上有槍……」

我們經過醫院後方走廊，來到室外的機車停放處。遠處站著一個高瘦的男人，戴著一副墨鏡，頭上頂著帽子。身上穿的衣服又寬又大，讓我不禁懷疑這個人對嘻哈有興趣。

「就是那傢伙。」溝口哥毫不猶豫地走上前去。

「是他嗎？」我有點懷疑，這個人跟當初開車的男人的體格似乎不太一樣，不過或許只是坐在車裡時看起來比較胖。

溝口哥還是一樣做事不經大腦。他完全不聽我的建議，魯莽地衝向男人。那男人多半也沒察覺這個身穿病人服、拄著拐杖的人竟是上次撞車的對象，只是一臉悠哉地站著不動。

溝口哥完全沒有減速，整個人正面撞在男人身上。對方措手不及，一屁股摔倒在地。溝口哥也失去平衡，他趕緊以拐杖撐住地面，嘴裡如連珠炮般說著「噢」、「痛死了」及「哎喲」卻沒有摔倒。

男人想要站起來，我立即舉腳一踢，再次踢翻他。

接著我騎到男人身上，以兩腳壓住男人的雙手，形成泰山壓頂的姿勢。只有這麼做，才能讓男人毫無反擊機會。他拚命掙扎，但身材這麼瘦，力氣當然也大不了，根本無法推開我。

他破口大罵，但我朝他臉上揮了一拳，他就安靜了。眞是沒用的傢伙。

我擔心若有人看見會惹來麻煩，於是站起來，並且拉起男人。

我面對男人，對他的肚子又揮了一拳。原本我打算將他打得動彈不得，但溝口哥突然擠進我跟他之間，制止我繼續動手。

溝口哥整個人蠻橫地擠了進來，我們簡直像骨牌一樣排成一列。這種將身穿病人服的男人夾在中間的三明治狀態令我無比噁心，我趕緊退了一步。

「我警告你，不准再接近那個人。」溝口哥以充滿氣勢的低沉嗓音說。這正是他平常工作時的說話語氣。

「你有苦頭吃了。」我跟著點頭附和。

男人一臉僵硬，顯然已經膽怯。他似乎還想努力鼓起勇氣反抗，但最後還是不敵心中的懼意。

沒想到這傢伙竟然這麼容易對付。我除了鬆一口氣外，還有些錯愕。

「你們跟那個人是什麼關係？」男人指著我們，眼神中充滿了懼怕與驚愕。

「什麼什麼關係？」我向前一步，站在溝口哥身邊，湊向男人，「到了這地步，你還想裝糊塗？」接著我反手扣住男人的手腕，對溝口哥說，「溝口哥，我們帶他上去。」

「算了，今天就原諒他一次。」

「咦？」我聽到這句話，頓時嚇傻。要怎麼處置這男人，得由毒島哥來決定才是。何況這件事非同小可，絕不可能輕易饒恕。

「你給我聽著，以後別再接近那個人。我們原本不想插手，但既然插了手，以後就會經常來這裡走動。老實告訴你，在我們看來，你的做法簡直是三歲小孩的遊戲。我只要看到你們這種胡搞一通的門外漢，心裡就有氣。在我們這種行家的面前，你別再丟人現眼了。」溝口哥激動地說。

「我知道錯了。」男人微微縮起身子。

「你以爲道歉就能了事？」我才剛這麼回答，沒想到溝口哥竟然脫口說，「知道錯了，就快滾。」

男人連滾帶爬地倉皇而逃。

我心想絕不能讓他逃走，正要拔腿追趕，溝口哥卻舉起拐杖，擋在我面前。

「溝口哥，你幹什麼？這樣下去，那傢伙會逃走。」

「教訓到這個程度，差不多也夠了。畢竟他只是想錢想瘋了，才會做出這種欺負弱小的行徑，今天遇上我們這兩個行家，肯定是不敢再來了。」

「欺負弱小？」

「那個人只不過是在停車場裡跟他的車子擦撞，他卻獅子大開口，一下子要修理費，一下子要治療脖子痠痛的醫藥費。說穿了，其實跟我們平常幹的事情差不多。」

「溝口哥，你在說什麼啊？」

「那個人被搞得暈頭轉向，莫名其妙寫了借據，利息愈滾愈多，根本還不出來。這傢伙不肯罷休，還經常到工作的地方來騷擾。」

「溝口哥，你說的『那個人』到底是誰啊？」我尖聲問道。

「當然是佐藤，不然還會是誰？」溝口哥也跟著扯開嗓門。

「什麼佐藤？」

「你剛剛不是也見過了嗎？那個負責打掃的大嬸。」溝口哥轉頭望向醫院，一副理所當然的態度。

「不是毒島哥？」

「毒島哥會被那種人糾纏不清，偷偷躲在醫院的被單間哭泣？高田，你是瞧不起毒島哥嗎？」

我一時啞口無言，最後才問，「溝口哥，你是看見那個打掃的大嬸在被單間偷哭，才打算幫她這個忙？」

「不然還有其他可能嗎？」

「可多了。」依狀況來看，我還以爲絕對跟毒島哥的案子有關。

「這個人跟上次開車那傢伙長得完全不同。高田，難道你看不出來？」

「我確實起了疑心，但我滿心以爲一定是他沒錯，所以沒有細想。」

「話說回來，溝口哥，你讓打掃的大嬸欠你人情，能有什麼好處？」我與溝口哥並肩而行，一同走回醫院。

「助人爲快樂之本。」溝口哥敏捷地撐著拐杖前進。他說出這句話時，似乎也覺得有些彆扭。

「溝口哥，你不是會做這種事的人。」

「我知道。」溝口哥老實回答，「不過我最近常想起兩句話。」

「什麼話？」

「岡田那傢伙洗手不幹時，曾對我說，『這個工作老是在看人愁眉苦臉的表情。』還說，『見那些人唉聲嘆氣，我也快樂不起來。』」

「沒辦法，溝口哥的工作就是找別人麻煩。」我心想，原來岡田是個喜歡唱高調的熱血青年。

「當時我譏笑他，『天底下哪有快樂的工作。』」

「你想起了這件往事？」

「我最近開始想，同樣是幹這行，有沒有辦法不看人愁眉苦臉？」

「什麼意思？」

「例如不是利用對方的弱點或把柄來威脅，而是做讓對方高興的事，令對方欠下人情。」

我強忍要嗤之以鼻的衝動說：

「這恐怕很難。很多人只會基於恐懼或不安而採取行動，卻對感恩之心無動於衷。」

「是啊，不過試試看也不會少塊肉。」溝口哥說著，走上後門的狹窄樓梯。

「這麼做有意義嗎？」我實在無法忍受這種不願看人難過、想讓人開心的天眞說詞。我本來只以爲溝口哥是個粗線條的單純男人，沒想到他竟然還有著不切實際的幼稚想法。他就像毫無營養的蔬菜，令我大感失望。此時我的心情就像是強迫自己吃下某種蔬菜後，才發現這種蔬菜對健康根本沒有幫助。

等毒島哥出院後，我或許應該懇求毒島哥，別再要我跟著溝口哥了。

「意義不是一切。」溝口哥正要開門走進醫院，門內剛好有個護士，那護士一看見溝口哥，立刻跑過來幫他開了門。

溝口哥嘻皮笑臉地說了個低級的玩笑，逗得那護士笑個不停，「阿溝，看你活蹦亂跳的，怎麼不快點出院？我看你這副模樣，應該早就不需要拐杖了吧？」

「飛的八分，走的十分。」

「你在胡說什麼啊？」那護士樂不可支。

「對了，我上次提到的桑椹蛋糕，妳幫我買一塊嘛。」溝口哥向她懇求。

「要是讓上頭知道我幫病人買蛋糕，我會挨罵的。」

「別這麼死腦筋嘛。妳放心，這蛋糕不是我自己吃，是給這個高田吃的。」

「我討厭甜點。」我趕緊澄清，但似乎沒有人聽見。

走向電梯的路上，溝口哥揚起嘴角望著我說：

「你不是說過，飛的八分，走的十分，沒什麼差別？」

「是啊，只差兩分，幾乎沒什麼不同。」

「我上次也說過，這根本不是重點。」

「什麼意思？」

「就算只差兩分，要是可以選擇，我還是會飛。能夠飛上天，不是很令人開心的事嗎？」

「這是兩回事吧。」

「舉個例子來說好了，最近的年輕人不是習慣用電子郵件向女人告白嗎？在手機裡打個『我喜歡妳』，輕輕一按就送出去了。」

「倒也不全是這種人。」

「但是相較之下，親自走到家裡來說『我喜歡妳』，會更加感動吧？」

怕。

「見仁見智吧。」這年頭男人要是突然找上門來，女人的心情可能不是感動，而是害怕。

「但是，高田，你想想看。」溝口哥說得慷慨激昂，完全將我潑的冷水當成耳邊風。「要是男人不是走路，而是用飛的話？」

「用飛的？」

「男人要是從天上飛來，嘴裡喊著『我喜歡妳』，女人一定會答應交往，對吧？我若是女人，一定會脫光衣服撲上去。」

「要是看見男人一邊喊著『我喜歡妳』，一邊從天而降，多半會在心中留下難以抹滅的創傷。一個把自己當成了小飛俠的男人，任誰看了都會害怕吧。」

「高田，你仔細想想，飛的八分，走的十分，電子郵件只要一秒。即使如此，能飛時還是要飛，因為這是相當難得的經驗。」

「什麼意思？」

「你說八分跟十分沒有差別，就好像是說每個人遲早會死，怎麼活都沒有差別。」

「這明明是兩碼子事。」

「雖然遲早會死，但過什麼樣的生活卻是天差地遠。」

「是、是。」我隨口敷衍。溝口哥說得天花亂墜，意思大概就是「重要的是過程，而非紀錄或結果」吧。這樣的觀念稱不上錯，但「即使只差兩分還是應該飛」這種幼稚的論調實在不應該出自成熟大人之口。

何況溝口哥這個稱得上是最會浪費生命的男人，卻來跟我闡述生命的價值，眞是荒唐至極。

溝口哥一回病房，立刻躺在床上，繼續以手機搜尋甜點的資訊。

其他病床的人都不知去哪裡了。溝口哥說，他們不是去復健，就是在休息區鬼混。

「喂，高田，你等等遇上佐藤，記得跟她說一聲『沒事了』。」

「佐藤？啊，你是說那個打掃的……我知道了。」

「對了。」

「還有什麼吩咐？」

「幫我把這個放在老師的床上。」溝口哥拿起床邊的一頂安全帽。

「這不是上次那個來探望老師的男人的東西嗎？怎麼會跑到溝口哥的床邊？」我接過安全帽一瞧，裡頭確實有把鑰匙。

「原本在老師的床上，多半是一個不小心滾下來，巡房的護士以爲是我的，就擱在我床邊了。」

「眞是神機妙算。」

溝口哥嘖了一聲，「我也是會用腦袋的。安全帽不會莫名其妙跑到我這裡來，只要發揮一點想像力，總是能想出一些理由。」

「話是這麼說沒錯。」

「從前岡田曾對我說過，意氣用事不算缺點，但偶爾也該冷靜下來好好想清楚。」溝口哥搔著頭說。

「原來如此。」我隨口應了一聲，將安全帽拿到位於窗邊的老師病床。

「唉，當初我怎麼會對岡田做那種事？」

背後的溝口哥開始唉聲嘆氣。獨白說得這麼大聲，只會給別人添麻煩。我實在很想建議他，如果要懺悔，應該私底下找個陰暗、狹窄的地方。

我慢慢走到老師的床邊，卻不知該將安全帽放在哪裡。猶豫了一下，我決定將安全帽放在旁邊的架子上。

就在我轉身離開的那一瞬間，我瞥見床邊有個紙袋。

那是個素色紙袋，裡頭放著一件捲成一團的白色衣服，似乎是研究人員穿的白袍。

或許他是個專門研究花語的博士吧，難怪對花語這麼熟悉。不過，研究花語還特地穿上白袍，實在是小題大作了些。

此時我聽見溝口哥喊了我一聲，於是轉身離開老師的病床。

隔天，我爲了沒有針對白袍的事情繼續深思而懊悔不已。

這一天，我一如往常在下午三點來到醫院。溝口哥難得沒有亂跑，乖乖地躺在床上。一問之下，原來是除了老師之外，房裡其他病人都已出院了，而老師又不見蹤影。溝口哥無奈地說，「我沒事可做，只好躺在床上睡覺。」

「住院病人本來就應該躺在床上睡覺。」

「這麼說倒也沒錯。對了，高田……」

「什麼事？」

「你說過，寄給毒島哥的那封威脅信上寫著『年紀不會再往上加了』，對吧？明天就是毒島哥的生日，敵人若要動手，今天是最後一天。」

我心想確實沒錯。當然，我不知道敵人認定生日的幾點算增加一歲。若要嚴謹計算，或許得以從母親子宮生出來的時刻爲準。不過若依一般人的觀念，只要一進入生日當天，就算是多一歲了。

如此想來，生日的前一天，也就是今天，將是最危險的日子。

「敵人應該不知道毒島哥住在這間醫院裡。」我說。

「或許吧，但消息隨時有可能走漏。」

「溝口哥，你別說這種嚇人的話。」

「你一定要提高警覺，小心點總是沒有壞處。對了，高田，你知道石楠花的花語嗎？」

「別說花語，我連花名都沒聽過。」這花名給我的第一印象是有些難聽。

「石楠花的花語是『保持警戒心』。」

「一定又是老師教的吧？」

「你要是知道老師懂多少花語，一定會嚇一跳。你相信嗎？竟然連包心菜也有花語。那根本是葉子，哪是什麼花了。」

我正想反駁「包心菜也是會開花的」，腦海裡突然閃過了一個念頭。

最近我不是才看過葉子嗎？

沒錯，就在那封威脅信上。

前幾天，常務拿給我看的那封信上，只寫著一行字，並貼著一張綠色葉片圖案的貼紙。

「那葉子到底是什麼意思？」我忍不住呢喃。

「什麼葉子？」

於是我將威脅信上貼著葉子圖案貼紙一事說了出來。

「喔？敵人用那個代替簽名？」溝口哥皺眉，「能不能說得詳細點？那葉子是什麼形狀？是蔬菜的葉子嗎？」

我聽到「蔬菜」兩字突然領悟，「沒錯，那看起來像是花椰菜或是荷蘭芹的葉子。」

「那應該是荷蘭芹吧。荷蘭芹人人討厭，正適合拿來當威脅信的簽名。」

「荷蘭芹也有花語？」

「我也不知道，老師那裡好像有本花語辭典。」溝口哥指著窗邊說。

我抱著興奮的心情快步走向窗邊。雖然沒有明確的證據，但我有預感這將是個重大的發現。

花語辭典就擺在顯眼的地方。我翻開辭典，尋找「荷蘭芹」這一條。

「高田，如何？荷蘭芹有沒有花語？」

根據辭典上的記載，荷蘭芹有「節慶」及「勝利」等等花語，多半是積極、正向的含意。但我看到最後一個花語時，忍不住張口大叫，背上竄起一股涼意。

我立刻衝出病房。溝口哥喊著我的名字，但我沒時間理會他。我擔心沒辦法馬上等到電梯，因此選擇快步奔上樓梯。兩腳不聽使喚，差點自己絆倒自己。

我數階當一階地往上跳，心裡回想著剛剛在花語辭典上看到的那個字眼。在荷蘭芹的眾多花語中，竟然有個相當不吉利的詞，「死亡的前兆」。

那張荷蘭芹貼紙原來是這個意思。「死亡的前兆」這個含意，用在預告殺人的威脅信上確實是再適合也不過了。

我以右腳在階梯上奮力一蹬，越過了數階，接著改以左腳用力一蹬。心中的答案早已呼之欲出。送出那封威脅信的人，一定懂花語。

我腦中只想到一個人符合這個條件。

與溝口哥住在同一病房的老師。

由於爬樓梯爬得太急，我早已上氣不接下氣。當抵達七樓時，我只能彎著腰不住喘息。

「喂，你幹什麼？」

豹型機器人走了過來。他一邊問，一邊搜身檢查我。

「我知道敵人的身分了……」我一句話還沒說完，豹型機器人竟抽走了我插在背後的手槍，「喂，你幹什麼？」我向他抗議。

「搞不好那個人就是你。」

「怎麼可能。」我大聲抗議，卻被豹型機器人當成耳邊風。常務或許是聽見爭執聲，從病房內走出來，「高田，你們在吵什麼？」

「是這樣的，我查到襲擊毒島哥的男人是誰了。」我接著解釋了與溝口哥同病房的那個病人，並說明了花語的意義。

「原來荷蘭芹有那樣的意思……不過那個貼紙真的是荷蘭芹嗎？」

「還有，昨天我在那男人的床邊看到裝著白袍的紙袋。」

「白袍？」

「常務，你們隨時守在病房前，對進出的人搜身。在這醫院裡，對方要接近毒島哥並不容易。唯一的機會，只能喬裝成院內職員。」沒錯，那套白袍就是喬裝的道具。

「原來如此。」

「還有，那男人的兒子跟媳婦都死了，這或許跟毒島哥有關，令他懷恨在心。」

這雖然只是臆測，卻是合情合理。那個人的兒子夫妻開的店可能是因毒島哥的關係才倒閉。

「等等，你先冷靜點。襲擊毒島哥的傢伙就是上次撞到你們的男人，如果他也是病人，你們看了他的臉，怎麼沒有察覺？」

我一愣，心想確實沒錯。不管是那個「老師」，或是那個來探病的男人，長相都跟撞我們的男人不同。我略一思索，接著說，「那個撞我們的男人，或許根本跟毒島哥遇襲無關。」

常務歪頭，露出不以爲然的表情。我也覺得這樣的推論有些牽強。

「要不然，就是那個人只是負責送槍而已。」那個開車的男人看起來畏畏縮縮，一點魄力也沒有，實在不像有膽量直接襲擊毒島哥的人。「他們分工合作，由住院的病人負責動手。」

我曾聽過有個集團在殺害某議員後，以數人交接的方式處理掉凶器。只要是難以完成的工作，專職及分化是基本原則。

就在這時，電梯發出叮咚聲響，來到了七樓。

我心想，敵人終於找上門來了，立刻轉頭想叫豹型機器人將槍還給我。我還沒開口，他已小跑步靠近電梯，還握著手槍。不愧是豹型機器人，反應有過人之處。

就在一道人影從電梯內閃出的那一瞬間，豹型機器人及常務同時舉起手槍。

沒想到那人竟然是拄著拐杖的溝口哥。「喂喂，你們幹什麼？是我，別亂來。」他看見兩把手槍對準自己，嚇得睜大雙眼，說話時口水亂噴。

包含我在內，在場所有人都鬆了口氣。心情既有些惋惜，又有些安心。即使在這種節骨眼，溝口哥依然擁有搞亂氣氛的能力。

豹型機器人開始對溝口哥搜身。他檢查得相當仔細，沒有任何疏忽，簡直像眞正的機器人。

「高田，原來你在這裡。你突然跑得不見人影，我還以爲你尿急，正到處找你呢。」溝口哥對我說。

「跟你同病房的男人相當可疑。」常務走向溝口哥。

我本來以爲溝口哥會傻頭傻腦地說出「你說老師嗎？不可能吧？」之類的話，沒想到他竟然擺出一貫的高傲表情，自信滿滿地看著我，「高田，原來你也察覺了？」接著他以激動的口吻說，「事實上，他正在三樓的被單間裡。」

「被單間裡？你說誰？」

「除了老師還會是誰？我看他穿著白袍，手上拿著手槍，趕緊以拐杖痛毆他一頓。後來我叫護士幫忙，把他關進了被單間。」溝口哥擠出笑容，顯得有些不好意思。

「你叫護士幫忙？」

「我告訴護士，我要去報警，總之先將他關進被單間再說。現在被單間已上了鎖，你們快去處理吧，熱騰騰的可疑人物正在裡頭等著呢。」溝口哥還沒說完，豹型機器人已帶著另一人奔向樓梯。

常務本來也想跟去，但或許是想到自己一走，毒島哥的病房將無人保護，因此停下腳步。

「這裡交給我吧。」我無暇細想，脫口而出。就連溝口哥也立下了將敵人關進被單間的大功，我要是不好好表現，面子可掛不住。「那個開轎車的小子要是敢來，我一定認得出他的長相。」

「說得好，高田。也算我一份。」溝口哥笑著說。

我不禁暗罵，「你只要不礙事，我就謝天謝地了。」

常務看起來依然放心不下，但他急著想揪住敵人，最後還是氣勢洶洶地奔向樓梯。

我跟溝口哥並肩走向毒島哥的豪華病房。

「啊……」我輕呼一聲。

「怎麼？」撐著拐杖的溝口哥問。

「我忘了拿回手槍。」

溝口哥手上似乎也沒有武器，這下子可不知如何是好。

走進病房一看，毒島哥正坐在床上。上半身的床板已翻起，毒島哥前方有張床用小桌，上頭放著一盤鬆餅。

「打擾了，毒島哥，您最好換一下衣服。」我說。

「發生什麼事了？哎喲，怎麼連溝口也來了？溝口，我跟你說，這鬆餅好吃極了。」毒島哥一派悠哉地說。

「敵人查出這間醫院了。」我指著地板說，「毒島哥，襲擊您的人，就是住在三樓多人病房的病人。溝口哥已將這傢伙關了起來，但我們擔心他另有同伴……」我說到這裡，心中突然領悟一件事，看了溝口哥一眼，「對了，那個來探病的男人，一定也是他的同夥。」

那個男人每天來探病，或許也在暗殺毒島哥的計畫之中。

溝口哥一臉苦澀地點了點頭。

「毒島哥，您最好準備一下，隨時有可能得離開這裡。」

毒島哥顯得氣定神閒，一副不慌不忙的模樣。他推開盤子，下床說，「好吧，看來我只好換個衣服了。到底是哪個傻瓜，竟然敢動我的腦筋？」

「目前還不清楚身分，只知道他原本打算穿著白袍混進這裡。」

「原來如此。」

「對了，毒島哥，您應該知道那封威脅信上貼著貼紙吧？那圖案應該是荷蘭芹，敵人是想藉由花語傳達訊息。」

「死亡的前兆，對吧？」溝口哥撐著拐杖走向房間角落。

「沒錯。」我沒想到溝口哥也知道，對他有些刮目相看。「由此可知，敵人是個對花語相當熟悉的人物。」

我感覺自己愈來愈興奮。陳述心中推論的陶醉感受，讓我一開口便停不下來。

「聽說這男人的兒子夫妻從前開了一間蛋糕店，後來經營不善而倒閉，兩人因此自盡……」我說到這裡，不知道該如何接下去。總不能老實說多半是毒島哥將他們逼上絕路。

我正支支吾吾之際，溝口哥突然插嘴說：

「高田，那是假的。」

我吃了一驚，不明白溝口哥怎麼會毫沒來由地冒出這句話。

「高田，你腦筋聰明，應該從小就是資優生吧？」

「溝口哥，你怎麼突然說這個？」

「我不會念書，做事也沒幹勁，每天過著混吃等死的日子。但你跟我不同，你總是很認眞地思考事情。」

溝口哥扶著拐杖，以下巴指著我。

毒島哥並沒有特別的反應，只是默默聽著溝口哥與我的對話。他慢條斯理地脫下病人服，從衣櫃中取出休閒褲穿上。

「溝口哥，你在說什麼啊？」

「高田，你聽我說，岡田那個愛管閒事的傢伙，曾安排了一個計畫。」

「你又想起岡田哥了？」

「他爲了教訓一個虐待小孩的父親，不但僞造駕照，還幹了不少既麻煩又愚蠢的事情。忙了個半死，卻拿不到半毛錢。」

「他成功了嗎？」

「這我就不清楚了。岡田安排那個計畫，只有一個訣竅，就是『看起來像那麼一回事』。」

「看起來像那麼一回事？」

「人是一種只要獲得一點蛛絲馬跡，就會擅自拼湊出結論的動物。所以我也依樣畫葫蘆，學他這麼做了。」

我完全不明白溝口哥想表達什麼。敵人不知何時會衝進病房，我實在沒心思繼續聽他閒扯。

「沒想到像我這種好吃懶做、得過且過的人也懂得用腦袋，這就叫做有志者事竟成吧。」

「溝口哥，你到底想說什麼，別賣關子了。」

「好，那我就說了，其實敵人根本不是那個老師。」

「咦？」

「是我故意誤導了你。你仔細想想，老師的兒子夫妻已經死了，這件事是誰告訴你的？他們是因爲蛋糕店經營不善才自殺，這又是誰告訴你的？我對你說這些，只是爲了讓事情『看起來像那麼一回事』。還有，那件白袍也是我放在那裡，故意引誘你發現的。」

我錯愕地猛眨眼睛。溝口哥竟然在這種危急的節骨眼上還在開玩笑，讓我心中湧起一股怒火，眞不曉得這個人腦袋在想什麼。

就在這時，病房內響起了清脆聲響。那是配餐用電梯已抵達的提示聲。溝口哥剛好站在電梯旁，他撐著拐杖以輕快的動作走向電梯，「毒島哥，蛋糕送來了。」

「噢，原來還有蛋糕？」毒島哥泰然自若地說道。溝口哥說了這一串莫名其妙的話，一般人早該起疑心，但毒島哥不知是太遲鈍還是太有自信，竟然毫不在意。

溝口哥打開電梯門，從中取出一盒蛋糕，按了按鈕，讓電梯回到一樓。

溝口哥將枴杖斜靠在一旁，拖著傷腿走向病床，將蛋糕的盒子放在病床上。「這是桑椹蛋糕。」溝口哥說著，將盒子打開一道縫隙，並微微轉動，讓毒島哥看見盒內的模樣。雖然看不見全貌，但依稀可見盒內有一小塊圓形的蛋糕。

「桑椹蛋糕？聽起來不賴。」毒島哥一邊說，一邊扣上襯衫的釦子。

溝口哥剛剛那番話讓我有如丈二金剛摸不著腦袋。我想問個清楚，卻不知該從何問起，只能愣愣地站著不動。

溝口哥說，他故意給了我讓事情看起來像那麼一回事的蛛絲馬跡。那個男人的兒子夫妻死了的事情其實都是假的。他爲什麼要這麼做？

「高田，你根據我提供的情報及那件白袍，發現敵人就是老師。你果然很聰明，懂得分析線索，找出可能的答案。很好，沒有枉費我對你的期待。」溝口哥抬頭對我這麼說。

「什麼意思？」

「你剛剛說，那個荷蘭芹貼紙含有敵人想傳達的含意。但你若沒說出荷蘭芹的花語，毒島哥跟其他人根本不會知道，對吧？既然收信的一方不懂花語，這麼做有什麼意義？」

「但信上確實貼了荷蘭芹貼紙。」

「那個貼紙的意義，只是爲了讓某個聰明人認爲『敵人熟悉花語』。」

「什麼意思？」

溝口哥打開蛋糕盒子，問毒島哥問，「毒島哥，你知道桑椹的花語嗎？」

毒島哥似乎終於察覺溝口哥的態度不對勁，目不轉睛地瞪著他。表情雖然嚴肅，卻不帶絲毫懼意或不安。「你對花語有興趣？」毒島哥說。

「是啊，自從老師告訴我桑椹的花語之後。」溝口哥從盒中取出一樣東西，對準毒島哥，那竟是一把手槍。「桑椹的花語是『我會活得比你久』。」

我嚇得全身動彈不得。溝口哥的腋下夾著拐杖，手裡握著手槍，槍口指著毒島哥。他撐開鼻孔，眼神犀利得彷彿要刺穿對方。

毒島哥直挺挺地站著不動，他也望著溝口哥，卻不顯得慌張。他以低沉的嗓音問，「溝口，你這是幹什麼？」這讓我想起「赤坂豪華套房事件」。在那個傳說中，毒島哥即使手無寸鐵，依然不將五個持槍的男人放在眼裡，果然名不虛傳。

「我要爲岡田報仇。」溝口哥說得簡潔有力，彷彿要將每個字刻進毒島哥的腦袋裡。

「溝口哥，你從什麼時候……」我忍不住問。

「從一開始。」

「從一開始？」

「高田，你也知道，毒島哥身邊隨時有人保護著。像我這種有不良紀錄的人，想接近都不容易，更別說報仇了。不過我的腦袋雖然不怎麼靈光，還是想出了辦法。」

「什麼辦法？」

「首先放出有人要殺毒島哥的消息，然後安排成只有我認得對方的臉，或是只有我掌握了某些線索。如此一來，毒島哥只能依賴我找出敵人。」

「這麼說來，那個開車的傢伙……」

「那些都是我安排的戲碼。你想想，『撞我的人剛好就是企圖暗殺毒島哥的敵人』，天底下哪有這種巧合？我看見一個持有槍械的可疑人物，而這個可疑人物攻擊了毒島哥，毒島哥要揪出這個人，就必須仰賴我這個目擊證人，這就是我的計畫。其實我早就知道毒島哥在這間醫院裡享清福，我原本期待毒島哥會安排我在醫院裡當他的保鑣，可惜計畫永遠趕不上變化，實際做起來卻沒那麼順利。我真沒想到那傻瓜竟然會突然開車，害我摔了一跤，還被車子壓斷大腿。出了這麼窩囊的差錯，連我自己也覺得可笑。」

「那個開車的男人到底是誰？」我問。

「願意陪我幹這種蠢事的人，算起來可沒幾個。」

「他就是太田？」

溝口哥瞇著眼睛說，「你別看他那麼肥，跟當初比起來，他已經瘦了不少。」

我這才恍然大悟，難怪溝口哥要故意毀掉數位相機。我從沒見過太田，毒島哥跟常務卻見過，就算減肥，還是能依稀分辨出容貌。

就在這時，常務走進了病房，「喂，溝口，你說的到底是哪裡的被單間？」常務似乎還未察覺真相，對溝口哥完全沒有提防之意。

溝口哥下手毫不猶豫。他以宛如機械般的敏捷動作將槍口轉向房門的方向。

下一瞬間，槍聲響起，常務按著大腿倒在地上。他還搞不清楚狀況，只能蜷曲在地上不住呻吟，雙眼在病房內左右張望。

「高田！」溝口哥大喊。

「是！」我完全震懾於溝口哥的氣勢。過去我以為溝口哥只是個懶散、做事不經大腦的三流貨色，此時的溝口哥卻彷彿變了一個人。自己原本主觀認定的事情起了如此巨大的變化，令我一時連自己也無法相信了。

「用膠帶把他綁起來！」溝口哥的槍口早已轉回毒島哥的方向。

「咦？」

「叫你綁就快綁！」

「我不能這麼做。」

我這句話一出口，溝口哥立刻將槍口對準我說：

「高田，我只有一把手槍，沒辦法一直指著你，任憑毒島哥自由行動。要是你不聽話，我馬上就會開槍。你聽著，我只給你三秒鐘。一、二……」

「是！」我應了一聲，趕緊拿起旁邊架子上的膠帶，將常務的雙手扳到背後綁起。

「喂，高田，你幹什麼！」常務痛得五官扭曲。他似乎並非發怒，而是依然搞不清楚事情怎麼會變成這樣。

我心想不應該聽從溝口哥的命令，不禁猶豫了起來。但溝口哥一喊「我要再數三秒了。」我立刻發慌。眼前常務血流不止的模樣，早讓我嚇破了膽，我只能一邊道歉，一邊繼續以膠帶封住常務的嘴。

「你放心，這裡是醫院，那種小傷馬上就會治好。」溝口哥說得鏗鏘有力。

「溝口，你想怎麼樣？」毒島哥說。

「抱歉了，毒島哥，殺了你之後，報仇計畫就結束了。接下來，就只剩下逃走。」

「溝口哥，你打算怎麼逃走？」

「我手上有輕型機車的鑰匙。我胡謅個理由，要那個喜歡花語的老師今天暫時搬到另一棟大樓的病房。毒島哥，你那些屬下大概還像無頭蒼蠅一樣到處尋找著老師吧。岡田說的果然沒錯，要讓別人爲自己做事，最好的方法不是威脅，而是『親切』。我對別人好，別人也會對我好。若不是有人幫忙，我也沒辦法將這把槍從配餐電梯送上來。」溝口哥似乎也有些緊張，說起話來有點咬字不清。

「是誰幫了你這個忙？」毒島哥問。

「高田，這件事我倒是得對你道謝。」

我原本摸不著頭緒，但仔細一想，幫助溝口哥的人多半是負責打掃的大嬸吧。我幫忙趕走了對她糾纏不清的男人，溝口哥一定是藉機要求她「將蛋糕盒放進配餐電梯」。她多半不知道盒內有槍，以爲只是幫點小忙，不太可能拒絕。

「溝口哥，你連走路都得撐拐杖，怎麼騎輕型機車？」

「不是我騎，是你。」

「沒戴安全帽又雙載，馬上會被警察攔住的。」

「或許吧。」

我想溝口哥恐怕根本沒有做好逃命的準備。他嘴上說會逃走，其實內心只想著報仇，其他的什麼也不管了。

「溝口，你這麼做有什麼意義？」毒島哥相當冷靜，語氣甚至不像說服，只是詢問戶籍地之類的閒話家常。

「我很後悔當初將責任全推到岡田頭上。岡田是個不錯的傢伙，而且挺有意思。」

「爲了這個不錯又有意思的傢伙，你要賠上自己的人生？溝口，你聽我說，只要你放棄這個念頭，我可以當成什麼也沒發生過。」毒島哥說，「溝口，其實我相當中意你這個人。當初你脫離我的掌控，想要自立門戶，後來又將錯全推到岡田頭上，這些我心知肚明。但我沒有殺你，你知道爲什麼嗎？因爲我對你還抱著期待。」

「你以爲我會相信這種鬼話？」

毒島哥慢慢邁出腳步，繞過了床，走向溝口哥。

「今天你幹出這件事，反而更提升了我對你的評價。只要你回心轉意，我就忘了這一切。你可以找個地方安享後半人生，我保證不會找你麻煩。」

「聽起來不錯，可惜岡田不會死而復活。」

我可以感覺到溝口哥扣住扳機的手愈來愈用力，槍聲隨時會再度響起。

「你跟岡田相處不過短短數年，爲他賭上性命有什麼意義？」

「有沒有意義並不重要。不管是八分還是十分，該飛的時候就要飛，這跟利益得失無關。」溝口哥嘀咕著，彷彿像唸著某種咒語。

「該飛的時候就要飛……這句話說得眞是豪氣。」毒島哥與溝口哥互相對望，距離不過短短數公尺。我這時發然察覺毒島哥光著腳，雖然穿著拖鞋，卻沒穿襪子。毒島哥的英勇事蹟描述了他以藏在腳底的刮鬍刀片切斷了五名敵人的手腕。

我想要警告溝口哥，但害怕得發不出聲音。

兩人僵持了一會兒，溝口哥突然露出微笑，「還有，毒島哥，其實我跟岡田算是多年老友了。」

「什麼意思？」毒島哥皺眉問道。

「我要太田調查岡田的下落，沒想到意外查出這件事。若從第一次見面算起，我跟岡田已有將近二十年的交情。」

我聽得一頭霧水。二十年前？溝口哥在說什麼啊？

「眞沒想到我會毀了岡田的人生，這才是眞正的悔不當初吧。如今我能做的，只有替他報仇了。」

「好吧。」毒島哥說。他吐了口氣，挺起胸膛，擺出「要殺就殺」的姿勢，似乎已有就死的覺悟。

我一方面認爲大局已定，一方面卻又想像毒島哥可能會突然冒出「你後面是誰？」之類的話，誘使溝口哥回頭查看。赤坂豪華客房的傳奇事蹟難保不會在今天再度上演。

毒島哥確實開口說話了，但他說出來的話完全超出了我的意料之外。

「如果岡田還活著，你還是要殺我？」毒島哥說。

溝口哥的反應當然是勃然大怒。

「你故意胡言亂語，只是爲了拖延時間而已。」溝口哥嘴裡這麼說，手指卻沒有扣下扳機。

這下子主導權反而落到毒島哥手上。

就在這時，房內響起了電話聲。那不是我的手機來電鈴聲，似乎也不是溝口哥的。聲音從常務的衣服內傳出，響了好一會兒後，房間裡恢復寧靜。但隔沒多久，換床上的一支手機響起了鈴聲。那是毒島哥的手機。

「大概是樓下那些弟兄打來的，我若不接，他們馬上會來這裡確認我的安危。」

「你接吧，就說這裡沒事。只要你說出一句不該說的話，我馬上開槍。」溝口哥揮了揮手中的槍，但這句話顯然只是嚇唬毒島哥而已。此時溝口哥已開始迷惘，不知該不該殺死毒島哥了。

「放心吧，我也不希望在這時有人打擾。」毒島哥說完，接起床上的手機說，「對，沒錯，我這邊沒事。聽說那些可疑的傢伙都搭計程車逃了。對，你們去外面找一找。」

毒島哥掛斷電話後，若無其事地說，「這樣短時間內就不會有人來打擾了，我們剛剛說到哪裡？」

我看得瞠目結舌。毒島哥幾乎已有一隻腳踏進棺材，爲何還能這麼鎭定？

「溝口，我老實告訴你吧，當年我根本不打算殺你們。你雖然背叛我，其實我沒那麼生氣。」

「少胡扯了。」

「但我若輕易饒了你們，沒辦法讓其他手下心服口服。當一個領導者，實在不是件輕鬆的事。我沒有其他辦法，只好對岡田提出了一個建議。」

「建議？」

「找個地方偷偷躲起來過日子。只要不讓我看到，我可以不再追究。」

「於是岡田躲了起來，從此過著幸福快樂的日子？你以爲我會信這種蠢話？」溝口哥愈來愈焦躁不安，「如果這是眞的，你倒是說說看，岡田現在在哪裡，在幹什麼？」

「我不知道他在幹什麼……」毒島哥突然揚起嘴角，接著說，「不過我倒是知道他在吃什麼。」

「什麼意思？」

「溝口，我不是也告訴了你嗎？」

我聽得都糊塗了，溝口哥似乎也一樣。他宛如中了敵人的妖術，全身動彈不得。

「看來你並沒有發現我的用心良苦。我沒辦法告訴你岡田的下落，卻想讓你知道他活得很平安。」

「你在說什麼啊？」

溝口哥還摸不著頭緒，我腦中靈光一閃，「溝口哥，會不會是那個？」

「哪個？」

「美食遊記！」

「什麼？」溝口哥先是瞪了我一眼，接著一臉狐疑，「不、不可能吧？」

「沒錯，寫那個部落格的人，就是岡田。」毒島哥點頭說道。

「眞的嗎？」我猜中了眞相，卻還是忍不住再次確認。

「少胡扯了，那個部落格的主人叫沙希！」溝口哥不屑地說。

「有一天，岡田偷偷寄給我一封電子郵件，信裡說很感謝我饒他一命，還說最近愛上了吃甜點。至於沙希，多半是借用了女性朋友的名字吧。」

「絕對不可能。」

溝口哥完全不信，一方面是因爲這番話實在太匪夷所思，另一方面則多半是因爲溝口哥心中早已認定沙希是個年輕女人，當然不能接受沙希其實就是岡田這種說法。

「喂，高田！」溝口哥依然舉著手中的槍，卻叫了我的名字，「你現在立刻上那個『美食遊記』部落格！」

「咦？」

「用你的手機打開那個網頁，寫信向對方確認！」

我一聽這荒謬的要求，錯愕得說不出話來。警察跟豹型機器人隨時可能衝進房來，哪有時間做這種事？如果想要報仇，現在應該是一秒鐘都不能浪費才對。但我無計可施，只好慌慌張張地掏出手機，打開瀏覽器，依溝口哥的指示輸入關鍵字，找到那個放著蛋糕照片的「美食遊記」。我在畫面上迅速看了一眼，「上頭有信箱地址。」

「那還不快寄？」

「寄什麼？」

「當然是電子郵件！確認對方是不是岡田！」

「眞的要寄？」

「沙希回應留言的速度很快，回信的速度應該也慢不了。」溝口哥依然以沙希稱呼對方，「三分鐘！我只等三分鐘，要是沒收到回信，我就開槍！」

「但這封信要怎麼寫？要是寫『我是溝口』，岡田哥可能會懷疑是有人假借你的名字誘騙他上當。何況倘若這個人不是岡田哥，根本不會回信，要怎麼確認？」

「好，不然你這麼寫……」溝口哥迅速說，「『讓我們交個朋友吧，看要開車兜風或吃飯都行。』」

「咦？寫這種話做什麼？」

「我跟岡田最後一次見面時，他曾寫過一封這樣的信，或許他還記得。」

「這種雞毛蒜皮的小事，一定早就忘了吧。」

「你接著再寫『交朋友比生孩子還難』。」

「眞是沒營養的內容。」我忍不住抱怨。

我活到這麼大，從沒抱著如此緊張的心情使用手機。到了這個地步，也只能死馬當活馬醫了。跟溝口哥站在同一陣線，已成了我的唯一選擇。

「從我的手機送出，發信來源會顯示我的信箱地址，這應該沒關係吧？」我一邊打信一邊問。

在按下送信鍵的那一瞬間，我彷彿看到一隻鳥兒銜著我所打出的詞句振翅高飛，轉眼已消失在遠方。

病房裡一片死寂。常務除了因嘴巴被封住而呼吸急促之外，似乎也沒有開口說話的意思。

「我只等三分鐘。時間一到，立刻告訴我。」溝口哥說。

「不太可能這麼快收到回信吧……」我抱怨。

「也罷，像這樣的賭命遊戲也挺有意思。」毒島哥似乎早已視生死於度外，「如果三分鐘內岡田沒有回信，那算我倒楣。溝口，你可以開槍殺了我。」

「你不說，我也會這麼做。」

「那如果眞的收到岡田哥的回信呢？」我忍不住問道

毒島哥微微攤開雙手說：

「我剛剛說過，只要溝口沒開槍，我可以放你們一馬。你們大可以遠走高飛，找個地方安心過日子。」

真的能相信毒島哥的承諾嗎？

「到那時候，我會找個地方好好享受休假生活。剩下的人生都是暑假，而且是沒有作業的暑假。」

時間一分一秒過去。我瞪著手機，內心不斷祈求回信快點來。

這時毒島哥在屁股上抓癢。溝口哥全身一顫，用力將手中的槍湊向毒島哥。

「不准動！毒島哥，關於你的英雄傳說，我也有所耳聞。據說你用藏在腳底的刀子，砍傷了五個人？」

原來溝口哥也知道這個傳聞。

「別相信那種謠言。」毒島哥微微攤手，臉上堆滿了笑意。

「那是假的？」

「沒錯，不是五個人，而是六個人。」

溝口哥嘖了一聲，接著卻揚起嘴角說：

「死到臨頭，竟然還說得出這種話。毒島哥，我實在很佩服你。」

「在我看來，你也不是省油的燈。」

我完全猜不出毒島哥內心在打什麼算盤。

「喂，高田，還沒收到信？」

「還有一分鐘。」

「怎麼還沒飛到？」

「又不是飛機。」

「飛的八分，走的十分，寄的要多久？」

「一剎那。」我一邊說，一邊卻感覺心跳愈來愈劇烈。或許是剎那，或許是永恆。

我的身體不斷顫抖，彷彿體內正在敲打著大鼓。

抬頭一看，溝口哥依然高舉手槍，對準毒島哥。

「喂，高田！到底收到了沒有？」溝口哥大喊。

叮噹！手機發出聲響。

我暗想，可別又是該死的燒肉店廣告。

解說

放假的時候，就用アドリブ（註）來度過吧

※本文涉及故事內容，建議閱畢全書正文後再行參考

讓我假設一下，身爲伊坂書迷的你，在（網路）書店買了這本伊坂新作《剩下的人生都是休假》的第一刻，就排除萬難匀出生命中難得的空閒，打算進入你知之甚詳的「伊坂World」，感受一段無與倫比的閱讀旅程。

看完的時候，我猜，你的腦海中一定浮現著這個字：

蛤？

你應該發現了，這本小說跟伊坂以前的作品不太一樣，過去是詼諧的地方，在這邊變成

註：アドリブ【ad lib〈ad libitum（拉）】即興演奏、自由發揮。

了荒謬，而以前總覺得比較沉靜一點的他，這次則忽然間穿起了短褂在廟會門口吆喝起來。又沒辦法單純的說聲「這不是伊坂」就皺皺眉頭把書推開，你內在有某個部分不斷跟這本書的內核應和，那種契合的感覺非伊坂莫屬。

這種種複雜的感覺綜合在一起，讓你只能把讀後感濃縮成一個簡單卻意義深長的詞：「蛤？」

爲什麼會這樣？

要討論這個，我們得先把時間往前推一點點，拉到這本書的同名短篇問世前一年的二〇〇七年才行。

有時就是忽然想放個假

二〇〇七年，伊坂接到《Re-born 最初的一步》（Re-born はじまりの一歩）這本競作短篇集的邀稿，想請他以「重生」、「再出發」這樣的概念與其他六位作者各寫一篇短篇小說，收錄在書中。

一般而言，這主題是伊坂的拿手好戲，但他才剛剛完成可以說是作家生涯前期最高傑作的娛樂小說《Golden Slumbers—宅配男與披頭四搖籃曲》，長時間專注於說好一個故事的創作過程，幾乎耗盡了他所有力氣。所以他決定不要再像過去一樣小心翼翼的經營伏筆、安排故事呼應的地方，而是放鬆一點、隨興一點，想寫些有別於以往風格的作品。

換句話說，想說出「剩下的人生都是休假」這句話的人不是別人，就是作家自己，在這種前提下，也大致可以理解那種大方向很伊坂，但是細節鋪陳卻有種漫不經心的味道的由來。

不過在這時，溝口跟岡田這對無意間創造出的黑道打工仔搭檔恐怕就深植在作者心中了，雖然沒有先設計好，但此後的〈臨檢〉、〈超光子作戰〉、〈小兵〉則多以一年一作的速度進行，最後用〈飛的八分〉這篇爲了單行本而特別寫的短篇作結。

所以對伊坂作品熟悉的讀者，恐怕會覺得這次的伏筆與回收的方式顯得粗暴許多，每一篇的角色經營程度也有種太過草率的感覺，如果不知道這段背景故事，大概會覺得伊坂根本是在偷懶吧？

但我們卻也很難否認，在讀的過程中所感受到的魅力，你就是會不小心關心起岡田，會忽然好奇雄大二十年後會怎麼對待他爸爸，會感受到那個淋雨的女人最後的步伐是如何的堅定，會想看看那個為了「看清現實」而拍電影的導演的作品。

為什麼？明明是這麼草率、這麼粗枝大葉的小說啊，這不是那個晶瑩剔透，所有情節都以黃金比例搭建好的伊坂啊！

要回答這個問題，或許要先從香港的喜劇電影開始談起。

迷路是假期裡最美好的部份

很多人對香港的喜劇電影印象是「胡鬧」，我們會看到一個笑話被丟到銀幕上，編劇也不試圖去把那些笑話組合起來，就是讓它們這樣散落著，純靠明星的光芒以及反應來把所有的點給串起來，呈現出一段很熱鬧也很好笑的表演，卻忘了推動劇情前進。

甚至你偶爾還會看到導演刻意的把一些演員的表情剪進正片，讓大家看見周星馳被羅家英逗笑了，或是吳君如嘴角抽動差點失守的畫面。對電影本身並無任何幫助，但成功地說服了觀眾，這個表演劇本上沒有，完全是演員即興發揮的結果。

之所以會發展成這樣，跟八〇年代香港電影界流行「集體創作」有關，當時往往是老闆或資深導演丟出一個構想，然後由一群編劇去討論與各自發展，最後在擷采眾人的優點後，將劇本寫出來。導演也很少會按照本子拍，多半會視現場狀況來決定增刪修改劇本內容與台詞。如果有大牌喜劇演員如許冠文、麥嘉等人，甚至還會在上戲的時候臨時更動表演，好達到最核心的目的：取悅觀眾。

集體創作發展到最後，甚至可以不用劇本，只略寫出場次與故事大綱，由現場編劇根據所有的演員與導演提供的「哏」，來編織出大略的情節。（想想王家衛是在那樣的環境中入行，大概也就能理解他後來拍片模式的由來了）

這種方式很適合凡事講「效率」、「靈活」的香港電影界，雖不利於香港電影朝向一個精緻的藝術路線發展，卻成功地保留了大量的在地風格與開發了極大値的觀影人口，你可以不喜歡，但你卻很難否認這是種獨特的風格。

某個角度上而言，這本《剩下的人生都是休假》也是在類似的狀態下寫出來的，作者毫無準備，但也不小心寫出一本好像還滿有一點樣子，「一篇一篇的嘗試，卻組成了一個世界」的連作短篇集。

中間過程當然充滿隨機，但從後見之明的我看來，他卻剛好打造了一個跟電影有點像的結構，每一篇都有不同的敘事觀點，而且都帶著濃重的電影運鏡感：〈剩下的人生都是休假〉成功地以公路電影形式建立讀者對「溝口—岡田」的印象；〈超光子作戰〉則帶著某種六零年代的鬥智搶劫電影（Heist film）味道，並讓我們對岡田這個人更多好奇一點；爲了向高達《斷了氣》致敬，〈臨檢〉以一個女性的位置鋪陳出關於溝口的多一點資訊；〈小兵〉這部兒童成長電影引出我們對岡田的憐惜，也爲之後溝口的爆發做出鋪陳；〈飛的八分〉雖然帶有些許無厘頭，但卻是不折不扣的黑幫動作電影。

或者可以用伊坂自己的話說，他曾經提到二〇〇八年在寫〈臨檢〉的時候，由於正處於寫長篇的情緒中，找不太到短篇的手感，爲了給自己一點動力，就想說「只要寫到六十分的程度就好。」成品在當時的他看來差不多就是那個分數。但是多年後集結成冊，他自己重看一遍，發現剛經歷過三一一大地震的自己對於這種具有「單純的閱讀樂趣」的作品反而比較寬容，願意給到八十分的成績。

或許我們可以這麼說，這本小說儘管結構鬆散，故事線也有種很隨便的感覺，卻反而很成功地成爲了人生的擬造物，我們在這些生命的切片中找尋關於自己人生的影子，也成功地透過角色撫慰了某部分的自己。

既然這樣，那結局是怎麼回事？

不收假，假期就還持續著吧

開放性結局在伊坂小說中並不少見，他的第一本作品《奧杜邦的祈禱》就已經作過類似的嘗試，但跟後來的《Lush Life》一樣，雖說是「開放」，但從前面的文本線索以及對人物的認識，讀者還是可以掌握結局的「形狀」，不至於一頭霧水。

《魔王》的開放性結局，則是小說書寫策略上的不得不然，如果小說裡頭都拚命地叫你「想一想」、「要有勇氣與群眾背道而馳」了，然後還給了你一個明快的關於主角如何做導致結果如何的結局，那前面花的力氣也就白費了。

但是這次《剩下的人生都是休假》的開放性結局，一言以蔽之，太野蠻了。簡直就像是你去看一部推理電影，然後剩下最後三分鐘，就有個神經病跑出來燒了銀幕一樣。

有種餘味很不清爽的感覺。

我重翻了小說，企圖找到一絲一毫暗示，甚至翻了同一篇小說的「連載」版本，希望從改稿的痕跡中推敲出作者到底有沒有預設立場，但一無所獲。（有日本網友認爲在〈飛的八分〉中出現的那個照顧「老師」的人應該就是岡田，但我覺得好像說不過去，所以並未採信）

直到我發現，我居然在洗澡的時候編造起各種可能的結局版本，然後思考怎樣會帶給我比較愉快的感受的時候，我忽然懂了。

請先回到稍早一點點，我說的那個看推理電影到最後三分鐘有人燒了銀幕的那個譬喻，想像一下在被燒的前一刻，劇情剛好是偵探、助手、連續殺人犯三個人的對峙場面，三個人只有偵探手上有一把槍，配樂正把氣氛凝聚拉高到快要繃斷的極致的時候，銀幕被燒了，但有無數的選擇會剎那在你心頭流過：偵探殺了凶手？助手殺了凶手？凶手殺了偵探？凶手自殺？助手爲了阻止偵探殺人反而被殺？

在一般的閱讀過程中，讀者只能接受，我們或許可以對其中角色做出不同的詮釋，但是就角色的命運而言，早就被決定了。我們只能旁觀，無法參與，閱讀如果是一場旅程，那這場旅程就是隨著這本書的結束而告終。

可是那個銀幕被燒掉的電影，就你而言，它從未完結，它是你一直無法告別的旅程。你的參與決定了它的可能，只要你不去找結局來看，它就是一個充滿選擇的可能。換句話說，你被作者逼著需要用你的生命經驗與想像力來填補那個結尾的空缺，對你而言這本小說不單單只是一本書而已，它還跟你的生命共享了同一個空間。

那麼，這本書對你而言一定會留下些什麼吧？

作者簡介

曲辰，向來以推理小說評論家這身份廣爲人知，但同時也是中部某些大專院校的兼任講師。

忽然覺得伊坂這五年的寫作，大概都可以用他自己曾經說過的「小說裡是沒有人生的解答的，不過，可能有一些什麼是可以滲透到讀者體內的」這句話來概括，同時也覺得這句話也很適合用來勉勵身爲老師那部分的自己。

我不敢說能解答學生的問題，但希望他們記得曾經有人很在乎他們的問題。

《残り全部バケーション》
NOKORI ZENBU VACATION by Kotaro Isaka
Copyright © 2013 Kotaro Isaka / Cork
All rights reserved.
Originally published in Japan by Shueisha Inc.
Chinese (in complex character only) translation rights under the license granted by Kotaro Isaka arranged through Cork, Inc.

伊坂幸太郎作品集20

剩下的人生都是休假
残り全部バケーション

作　　者　伊坂幸太郎
翻　　譯　李彥樺
原出版社　集英社
責任編輯　張麗嫺
行銷業務部　徐慧芬、陳紫晴
版 權 部　吳玲緯
編輯總監　劉麗眞
總 經 理　陳逸瑛
榮譽社長　詹宏志
發 行 人　凃玉雲
出　　版　獨步文化
城邦文化事業股份有限公司
104台北市中山區民生東路二段141號5樓
電話：(02) 2500-7696　傳眞：(02) 2500-1967
發　　行　英屬蓋曼群島商家庭傳媒股份有限公司城邦分公司
104台北市中山區民生東路二段141號2樓
讀者服務專線：(02)2500-7718；2500-7719
24小時傳眞服務：(02)2500-1990；2500-1991
服務時間：週一至週五　上午09:00～12:00　下午13:00～17:00
讀者服務信箱E-mail：service@readingclub.com.tw
劃撥帳號：19863813　戶名：書虫股份有限公司
香港發行所　城邦（香港）出版集團有限公司
新址：香港灣仔駱克道193號東超商業中心1樓
電話：(852) 25086231　傳眞：(852) 25789337
E-mail：hkcite@biznetvigator.com
馬新發行所　城邦（馬新）出版集團　Cite(M)Sdn Bhd
41, Jalan Radin Anum, Bandar Baru Sri Petaling,
57000 Kuala Lumpur, Malaysia.
電話：(603) 90578822　傳眞：(603) 90576622
email:cite@cite.com.my

城邦讀書花園
www.cite.com.tw

美術設計　許晉維
校　　對　吳美滿
排　　版　陳瑜安
印　　刷　前進彩藝有限公司

初　　版　2015年（民104）11月
初版6刷　2020年（民109）6月29日
定價　299元
ISBN 978-986-5651-42-8
著作權所有・翻印必究　Printed in Taiwan

國家圖書館出版品預行編目資料

剩下的人生都是休假 / 伊坂幸太郎著，李彥樺譯. 初版. --
台北市：獨步文化，城邦文化出版：家庭傳媒城邦分公
司發行，2015〔民104〕
面； 公分. --（伊坂幸太郎作品集：20）
譯自：残り全部バケーション

ISBN 978-986-5651-42-8（平裝）

861.57 104018495